1975, j'ai 10 ans.

FRANCOIS LE DIVENAH

1975, j'ai 10 ans.

Souvenirs d'enfance

ROMAN AUTOBIOGRAPHIQUE

Copyright : © 2020 François Le Divenah
Édition : BoD – Books on Demand, info@bod.fr
Impression : BoD – Books on Demand, In de Tarpen 42,
Norderstedt (Allemagne)
Impression à la demande
ISBN : 978-2-3220-4210-4
Dépôt légal : Mars 2024

Remerciements

A mes parents, ma sœur, mes frères, à mes grands-parents, ma femme, mes enfants, à l'ensemble des membres de ma famille, à tous mes copains d'enfance et à toutes ces personnes qui m'ont donné ces beaux souvenirs.

Je remercie plus particulièrement ma femme Hélène pour son aide, son soutien dans la réalisation de ce projet et pour ses nombreuses relectures.

Préambule

Eté 2017, nous sommes en vacances à l'île Maurice, à Tamarin et l'objectif de la journée est d'essayer de voir des chauves-souris frugivores géantes dans le massif de la Rivière Noire.

Nous accédons au parc national des Gorges de Rivière Noire assez tardivement puisqu'il est déjà 10h du matin. J'ai quelques doutes sur la réalisation de notre objectif puisque les chauves-souris sortent plutôt en fin de journée. Nous serons très probablement rentrés avant. Ce n'est pas vraiment important, nous ferons une promenade en famille vers le haut de la colline et nous profiterons au moins de la vue du sommet pour faire notre pique-nique.

Nous marchons toutefois assez tranquillement pour profiter de la nature, de la végétation luxuriante et des eucalyptus. Un groupe scolaire de la région est devant nous, des adolescentes d'une quinzaine d'années. Les demoiselles rigolent, elles chahutent gaiement.

Nous traversons un cours d'eau puis laissons le groupe d'ados prendre de l'avance. Cela nous permet de nous sentir un peu plus seuls et de profiter du silence. Assis sur le bord de la rivière, nous prenons le temps d'admirer les énormes termitières accrochées aux arbres, de suivre la marche d'une majestueuse mante religieuse puis d'observer le balai délicat des libellules bleues du ruisseau.

Nous repartons après ce moment de quiétude. La pente est raide et le chemin caillouteux. Ma femme Hélène flâne un peu derrière. Elle regarde attentivement les différentes fleurs en se demandant si elle pourrait avoir les mêmes dans le jardin. Elle s'émerveille de chaque découverte. Mon fils Gaël devance le groupe d'un pas soutenu. Il souhaite arriver le premier au sommet mais sa sœur Solenn n'est pas en reste. Elle marche d'un pas volontaire et décidé comme à son habitude pour arriver avant son frère. Nos désormais jeunes adultes semblent encore heureux de profiter de ces moments en famille.

Nous arrivons au sommet vers midi, le groupe d'adolescentes a déjà investi la vaste prairie qui domine la vallée. Le point de vue est splendide, nous sommes sur un promontoire dégagé. Nous pouvons voir le Morne et l'océan d'un côté puis la forêt à perte de vue de l'autre.

Des pailles en queue nous survolent rapidement. Cet oiseau marin blanc, avec ses lignes noires sur les ailes et sa longue queue fine, semble se jouer de mon appareil photo. Alors que je tente en vain de prendre un cliché, j'aperçois soudainement et à ma grande surprise, des chauves-souris. Elles arrivent du fond de la forêt. Elles se dirigent dans notre direction. Nous regardons le vol spectaculaire de ces roussettes noires de plus d'un mètre d'envergure avec fascination.

Les adolescentes sont intriguées par notre présence, par les photos que j'essaie de prendre. Elles dégustent, en nous observant, des baies acidulées. Curieux, je me rapproche pour mieux voir ce qu'elles mangent avec tant de gourmandise.

L'une d'entre elle vient à ma rencontre et me propose de goûter cette friandise. Ce sont des goyaves vertes, sans doute pas assez mûres. Je trouve ça aigre, elle rigole, un groupe se forme autour de nous. Elles nous parlent sans retenue. Après quelques minutes d'échanges, l'une d'elles m'adresse un « Marcel Pagnol » que d'autres reprennent avec acquiescement et sourires de sympathies. J'ai l'impression qu'elles me comparent par mes attitudes à cet écrivain qui devait être ouvert au monde et à la découverte. Je suis étonné car j'adorais, comme pratiquement tous les enfants de mon époque, ses livres et le sentiment de liberté qu'il nous donnait par ses ouvrages.

Je repense à mon enfance, à ces moments de paix, de liberté, d'innocence et d'insouciance.

Je vois dans le regard de ces adolescentes cette liberté et cette insouciance qui me donnent soudainement envie de me souvenir de mon enfance.

C'était pourtant si loin, me restait-t-il des choses, des souvenirs ?

*

Nous sommes désormais le 17 avril 2020. J'ai déjà 54 ans et je suis en confinement pour la première fois de ma vie. La Covid-19 fait paniquer le monde et j'ai l'impression que nous allons perdre ce que nous avons de plus important, notre liberté. Je regarde circuler inquiet les enfants du voisinage. Je me demande comment ces enfants vivront l'insouciance de leurs 10 ans avec un masque sur le visage et des informations complètement anxiogènes.

Je suis en télétravail depuis déjà un mois. Nos déplacements sont limités. Le silence a envahi les villes et les campagnes. Le temps semble être au ralenti. Je m'occupe comme je peux durant mes temps libres. Je regarde les livres photos dont celui sur l'île Maurice. Le souvenir de cette rencontre avec ces élèves me revient.

Il est peut-être temps de prendre la plume. Je n'ai aucun talent d'écrivain mais j'ai envie de poser mes souvenirs d'enfant sur quelques pages blanches, simplement pour me faire du bien, pour retrouver le sourire de ces années, trouver un peu de sérénité durant cette période de crise. Cela me permettra de témoigner à mes proches ma gratitude et de pouvoir un jour partager ces quelques moments de mon enfance avec les miens. C'est un projet ambitieux. J'ai quitté cette enfance depuis si longtemps.

De mon album de photos d'enfant jauni par le temps et oublié dans un carton de déménagement, je retrouve quelques moments perdus. Certaines images me font sourire. Des visages me reviennent, des émotions, des saveurs que j'avais oubliées ressurgissent comme une lente houle.

Je regarde ces vagues de souvenirs venir à moi. Calmement mais rapidement, ces vagues me rattrapent, jusqu'à m'entourer, me submerger. Nous sommes en novembre 1975.

Chapitre 1

Notre vieille tourterelle chante encore dans sa trop petite cage accrochée au-dessus de l'imposante télévision. Elle souhaite participer gaiement à la fête du jour.

Mon jeune chien Louky, cet épagneul breton au pelage blanc et marron que mon père a adopté auprès d'un ami chasseur est à mes pieds. Il attend sa part du festin en compagnie de la chatte marbrée de noir et blanc qui aimerait bien la lui voler. Elle est confortablement installée sur les genoux de Patrice. Elle guette les allers-retours de la nourriture sur la table avec ses grands yeux verts et ronds tout écarquillés.

Maman a réalisé sa fameuse tarte aux pommes et posé des croisillons de pâte brisée sur le dessus pour lui donner plus de prestance. Elle a nappé le tout avec un peu de gelée de pommes faite quelques mois plus tôt. Les bougies multicolores trônent déjà fièrement sur celle-ci. Les flammes dansantes invitent à la réjouissance.

Ça y est. Le gâteau est prêt. Il arrive devant moi accompagné du traditionnel chant d'anniversaire. La cire commence doucement à descendre vers le gâteau. C'est ma fête d'anniversaire. Je vais avoir 10 ans, je vais bientôt souffler mes bougies. Je suis le roi du jour. Je suis entouré de toute la famille, de mes 4 frères, de ma sœur et de mes parents. Sur la table de la cuisine en formica bleue, ma mère a déposé la nappe des fêtes. Cette nappe aux ronds marrons de différentes tailles sur fond blanc est en accord avec le papier peint de la cuisine équipée aux imprimés psychédéliques. Les formes géométriques de couleur verte, orange et bleue sont suffisamment pétillantes pour être en accord avec cette fête d'anniversaire. Elles accompagnent à la perfection cette insouciance de mes 10 ans.

Mes yeux pétillent et je dévore avec gourmandise cet instant. Je prends ma respiration mais tandis que je m'apprête à souffler, j'entends un autre souffle. Roland, mon plus jeune frère qui a 8 ans, n'a pas résisté à sa pulsion de souffler sur les bougies avant moi. Fripon et espiègle comme à son habitude, il ne perd pas une occasion de me faire une mauvaise farce et de me mettre en colère. Sa bouille d'ange, ses cheveux frisés et blonds ne sont pas une excuse valable à mes yeux pour laisser passer cet affront. Je crie :

- Mais qu'est que tu fais. Non mais, c'est pas vrai !

Youki prend peur. Il se retourne en aboyant sur la chatte qui pousse un miaulement strident. Prise de panique, elle saute sur la table et renverse quelques verres qui heureusement sont déjà presque tous vides.

Roland répond avec un sourire qui se veut convaincant.

- Mais c'est pas moi.
- Menteur !
- J'ai pas fait exprès !
- Menteur !

Malgré les réprimandes, il reste trop content de lui. Le sourire aux anges, il ne retient pas son éclat de rire et sa joie, tout en courant autour de la table pour ne pas se faire attraper. Le calme revenu. Youki se repositionne, la tête sur mes genoux dans l'espoir d'une meilleure fortune tandis que le chat reste caché sous le vaisselier.

Les bougies rallumées, toute la famille entonne un « Joyeux anniversaire ». Chacun y mettant tout son cœur et son ardeur dans ce chant festif. Je souffle avec énergie et satisfaction mes bougies. La seconde tentative sera la bonne. Les applaudissements joyeusement bruyants confirment à la chatte que sa cachette est la bonne. La mauvaise farce de Roland n'aura pas gâché la fête. Je peux afin savourer ce dessert. Finalement, ils m'embrassent tous et me souhaitent un joyeux anniversaire en m'offrant des cadeaux. Même mon jeune fripon de frère participe à cette habituelle et chaleureuse procession.

Nous attaquons avec gourmandise et impatience cette tarte sans lui laisser la moindre chance. Youki s'impatiente et remue le petit morceau de queue qui lui reste de plus en plus rapidement. C'est un chien de race et c'est pour cette raison qu'une partie de sa queue a été sectionnée mais j'aurais préféré avoir un mouvement de ballet plus généreux. Il en veut certainement une part car les caresses ne le calment pas. Je me penche vers lui. Je m'apprête à lui faire un bisou sur la tête pour le rassurer et en témoignage de mon affection. Soudainement, il redresse sa tête et me donne plusieurs grands coups de langue bien baveux sur le visage.

- Du calme, du calme !

J'ai le visage tout mouillé. Tout le monde rigole de cette situation et de cette belle intention. Je rigole à mon tour mais tout en étant un peu contrarié par cette facétie. La chatte est toujours cachée sous le buffet, attendant un moment plus calme pour pouvoir se réfugier dehors et quitter cette ambiance trop bruyante.

La tarte aux pommes est déjà engloutie, beaucoup trop rapidement à mon goût. J'aurais bien volontiers repris une part supplémentaire. Il est temps désormais d'ouvrir les cadeaux.

Les cadeaux sont comme toujours nombreux et personnalisés.

- Tu ouvres, tu ouvres ! s'impatiente Roland.
- Ok je vais ouvrir le tien en premier.

Roland me tend son cadeau avec un grand sourire de satisfaction.

- Tu vas bien aimer ça, ce sont des soldats miniatures en plastique.

Raté pour la surprise. Bon, j'ouvre le cadeau comme si je ne l'avais pas entendu.

- T'es content ?
- Oui, c'est très gentil. Ils sont super !

J'adore jouer avec mes soldats en plastique. Je reste allongé des heures à développer des stratégies de conquêtes, des batailles et des prises de position. La réalité historique n'est jamais respectée. On retrouve des Indiens qui combattent aussi bien des soldats allemands, des soldats américains, que des soldats japonais. L'importance du jeu porte plutôt sur l'imagination de la stratégie que ce soit pour l'attaque du train électrique ou du char télécommandé. J'ai bien sûr mon soldat préféré qui se sort de toutes les mauvaises situations. Les autres soldats n'en finissent pas de tomber dans les pièges diaboliques que j'ai imaginés pour l'occasion. Ces quelques soldats miniatures viendront donc compléter ma collection puis rejoindre mes futures batailles.

Je suis impatient d'ouvrir un autre cadeau.

Patrice avec ses cheveux frisés châtain, son large sourire et ses dents du bonheur m'offre son cadeau.

- Tiens François, c'est pour pour toi. Cet cad cad deau.

Patrice a 12 ans et depuis la naissance, il a quelques difficultés à s'exprimer. Il inverse le féminin avec le masculin. Il bégaye beaucoup. Il a aussi quelques problèmes avec ses mains qu'il a du mal à ouvrir et les exercices d'écriture lui sont très complexes à réaliser. C'est difficile pour les parents mais ils font toujours de leur mieux pour l'aider et le faire progresser.

Malgré toutes ses difficultés, il est certainement le plus souriant de la ville et le plus capable de s'émerveiller de pas grand-chose. Lorsque nous allons à la plage d'Erdeven, il a une véritable fascination pour les marées. Alors qu'avec Roland, nous passons notre temps à nous baigner, à nous sécher après nous être bagarrés dans le sable ou à sauter sur les dunes jusqu'à l'épuisement. Patrice surveille inlassablement, sans vraiment changer de place, le flux et reflux des vagues. Il mesure pendant de très longues minutes la lente progression ou le retrait de la mer sur la plage. Satisfait de son constat, il peut alors profiter de la baignade ou des jeux de la plage. Il est pratiquement toujours le meilleur aux jeux d'adresse comme celui de la pétanque. Il a le chic pour toujours faire un coup sorti de nulle part pour gagner le point. Il adore également jouer au Jokari et aux palets.

Il est passionné par tout. Que ce soit dans la réalisation d'un puzzle avec une patience que je n'aurai jamais ou par la réalisation d'un dessin de bateaux ou de fleurs.

J'ai souvent des difficultés à accepter cette différence. Je lui reproche de ne pas être comme les autres mais je ne supporte pas les moqueries qu'il reçoit à l'école ou de la part des autres.

Maman me demande de ne pas déchirer le papier car il pourrait resservir prochainement. Je constate toutefois que ce paquet a déjà une très légère ouverture sur le côté. Je pense qu'un petit curieux est passé avant moi. Heureusement que ce ne sont pas des voitures car ce paquet aurait sans doute disparu sous le lit de mon jeune frère. Je regarde Roland et je termine d'ouvrir ce cadeau.

- Un avion de la 2nde guerre mondiale. Un Spitfire. C'est trop bien !

J'ai déjà réalisé plusieurs maquettes d'avions et une maquette d'un voilier, d'une goélette plus exactement mais un Spitfire, c'est encore mieux !

- C'est une av avion de chachasse, déclare Patrice.

J'ouvre la boîte. Je découvre toutes les pièces reliées entre elles sur le socle. Les autocollants sont à part dans une petite pochette. Il me faudra détacher toutes ces pièces, avant de les assembler par quelques points de colle pour enfin mettre ces autocollants. La boîte montre une scène de combat aérien. Cela me donne vraiment envie d'avoir cet invincible avion monté et positionné sur un socle pour décorer ma chambre. J'espère seulement qu'il ne finira pas comme la dernière maquette d'avion, crashée par Roland qui voulait vérifier sa solidité. Je le regarde d'un œil noir pour lui faire comprendre que je serai sans pitié cette fois mais il fait semblant de ne pas me comprendre.

- Ce sera vraiment très intéressant à faire. C'est une super idée !

Maryannick à son tour me dépose un gros paquet bien emballé. Elle a 17 ans, ses cheveux châtain clair descendent jusqu'au bas de son cou. Elle a un visage très fin, un très joli sourire. Elle est toujours disponible pour nous jouer un morceau de guitare ou participer à un jeu de société. Elle porte une robe à carreaux et un collier pour cette occasion. Elle est très attentive et attentionnée envers tous ses jeunes frères. Elle n'hésite jamais à donner de l'aide que ce soit dans le magasin ou dans la maison. Malgré sa préparation du Bac cette année, elle a eu le temps de penser à m'offrir un cadeau.

Cet emballage ne résistera pas longtemps à mes assauts.

- Un sac un dos pour les sorties scouts. Super !!!

Maryannick est cheftaine chez les Jeannettes et retrouve régulièrement ses copines. Je suis pour ma part chez les rangers. Nous avons la chance d'avoir une section de scouts dans la commune. Les plus âgés s'occupent avec plaisir des plus jeunes dans le local du presbytère de la paroisse.

Avec ce sac, je vais pouvoir partir en randonnée les samedis avec les copains. Ce sera mon sac et non le vieux sac en toile jauni par le temps de Jean-Paul. Fini cet héritage fraternel.

- J'avais besoin de ce sac pour les randos de l'été prochain et les nombreuses poches me rendront bien des services.

René-Yves a 18 ans, une moustache fine et délicate, des cheveux bruns et mesure 1m72. Il est plus grand que ma sœur mais il espère grandir encore un peu. Il est toujours très discret, maigre comme un haricot vert coupé en deux comme disent mes parents. Il travaille comme apprenti en boucherie-charcuterie. Il ne mange pratiquement rien. Sa santé fragile inquiète mes parents car il travaille beaucoup pour un salaire qui semble aussi maigre que lui. Il est très courageux et ne rechigne jamais à donner un coup de main dans le magasin lorsqu'il a un instant. Jamais un mot plus haut que l'autre, il est sans doute le plus calme de la famille.

- Voilà de la lecture pour toi. Tu le connais déjà bien. C'est un chasseur-cueilleur, tu as une idée ?
- Rahan ?

- Exact ! Un Pif gadget et une nouvelle aventure de Rahan. Je sais que tu l'aimes bien.

J'avais reçu l'année précédente en plus d'un livre de la saga, le fameux coutelas de cet intrépide homme de la préhistoire. Avec ce coutelas, je me sentais appartenir à sa tribu de Crâo. La tribu du fils des âges farouches. C'est un homme seul mais libre. Un homme qui affronte tous les obstacles, qui rencontre tous les peuples et découvre des sites incroyables. Je suis fasciné par ses exploits et par son autonomie. Il n'a peur de rien et ne se plaint jamais de son sort qui n'est pas toujours enviable. Il réussit à sortir des situations les plus incroyables. Il est capable de nager sur le dos, les pieds et mains liés, poursuivi par un crocodile qu'il arrive malgré tout à vaincre.

Je n'étais pas le seul à essayer de nager l'été en bloquant mes bras et jambes comme si j'avais été attaché par une tribu hostile. En ondulant uniquement le corps, j'imaginais la situation peu enviable de mon héros aux cheveux de feu. Ce n'était pas vraiment une réussite et ça donnait encore plus d'importance à ses exploits.

J'ouvre enfin ce paquet qui m'intrigue car il est tout plat. Je déchire le papier cadeau délicatement.

- Des timbres de l'union Soviétique ! Merciiii !!

Ces timbres viennent du dernier voyage en Russie de mon frère ainé Jean-Paul. Il aura bientôt 20 ans et c'est le plus grand avec son mètre 80. Il ne vit plus à la maison mais rentre quelquefois pour un week-end ou pour certaines vacances. Il est étudiant en prépa et je ne suis pas vraiment certain de bien comprendre de quoi il s'agit. Il souhaite travailler dans le domaine des ponts et chaussées mais je comprends surtout que c'est beaucoup de travail. Malgré tout, il pense toujours à tous et il est toujours attentionné envers ses jeunes frères. Bien sûr, il n'est pas souvent présent mais lorsqu'il revient, nous libérons sa chambre. Ce n'est pas très grave si nous dormons à plusieurs dans le même lit.

Lorsqu'il est parmi nous, il étudie beaucoup mais j'ai parfois le droit de rentrer dans sa chambre et d'écouter de la musique.

Le casque sur les oreilles, j'écoute les Pink Floyd, Simon & Garfunkel, Genesis et Les Beatles sur les bandes magnétiques ou sur le tourne-disque en 33 tours. Cela me change de la variété française que nous écoutons avec Patrice et Roland sur le tourne-disque en 78 tours. Je passe des heures avec quelques Lucky-Luke, Tintin et autres bandes dessinées en sa compagnie.

Je collectionne les timbres depuis plusieurs années.

Mon père m'apporte la plupart de ces timbres de son travail. Le décollage des enveloppes, le tri des doublons puis le classement dans l'album occupent souvent mes fins de journées. Les recherches dans « Yvert et Tellier » de la valeur du timbre me donne surtout la satisfaction de cocher un timbre de plus dans la collection. J'ai également un abonnement des nouveaux timbres du mois que je retire à la poste. Cela me permet d'enrichir ma collection d'une dizaine de timbres tous les mois.

Ces timbres de l'Union Soviétique m'ouvrent sur un monde que je ne connais pas. Les images et les couleurs vives sont fascinantes.

Je découvre un autre monde à travers ces images. CCCP est imprimé sur ces timbres.

- Ça veut dire quoi, CCCP ?

- Ça veut dire Union des Républiques Socialistes Soviétiques en russe. La faucille et le marteau sont le symbole du communisme, m'explique Jean-Paul.

- Ça va compléter ma collection de timbres étrangers. Tu m'avais offert des timbres de Grèce lors de ton voyage de l'année dernière, j'ai de la chance.

- Je suis content que ça te fasse plaisir.

J'ai vu plusieurs fois à la télé le défilé militaire sur la place Rouge au mois de mai. Les forces armées russes sont impressionnantes et je suis fasciné par cette démonstration de force. Ces images faisaient la une du journal de 20h et je trouve surprenant la manière de se dire bonjour des dirigeants.

- Tu vois, me dit Jean-Paul, ces timbres retracent l'histoire de l'URSS, ils mettent en avant Lénine et évoquent la conquête spatiale, l'épopée des héros soviétiques. Là, tu vois, c'est « Youri Gagarine ». Tu savais que les Soviétiques avaient envoyé un chien dans l'espace ?

- Oui. Je crois que c'était « Laïka ».

Je découvre quelques cosmonautes que je ne connais pas. Je les connais moins bien que les astronautes américains.

Les timbres me font voyager et rêver. Mon album commence à ressembler à quelque chose. Je me précipite pour aller chercher mes albums pour regarder comment je vais pourvoir les classer. Je tourne les pages avec précaution. Roland à mes côtés regarde avec intérêt ces images.

Ma collection est constituée essentiellement de timbres français. Je les ai classés par thème, les Cérès, les Mariannes en premier puis les écussons des villes et régions.

Je trouve fascinant celui de Nice avec son dragon rouge aux ailes déployées et très intrigant celui de la Corse avec cet homme noir avec un bandeau blanc. Quelle était l'histoire de ce blason ? Pourquoi cet homme noir ? Cette région me semble bien loin de mon univers. En tournant les pages suivantes, je parcours la France avec ses monuments et ses sites.

- Regarde celui-ci Roland, ce sont les menhirs de Carnac et en plus, il est de mon année de naissance, 1965.

- Moi j'aime bien celui-là !

- C'est la Guadeloupe mais je ne sais pas bien où c'est exactement.

- Mais j'ai j'ai une globe ter terrestre moi. Je vais la cher chercher, dit Patrice en bégayant mais tout excité par la possibilité d'utiliser son globe.

Avec l'aide de Maryannick, nous réussissons à trouver cette petite île sur le globe. Ça me semble si loin de nous et si petit. Je reste dubitatif.

Mes parents regardent cette scène avec beaucoup de plaisir et de satisfaction à nous voir partager ces moments ainsi.

Nous regardons les autres timbres plus rapidement sur l'Aéropostale, les peintures, les bateaux puis les animaux et les paysages mais je me réjouis à l'avance de faire le classement de mes nouveaux timbres.

- Je suis impatient d'ouvrir un autre cadeau, dis-je alors.

- Moi aussi, ajoute Roland.

Je reçois également de mes parents un livre sur la montagne, « Premier de cordée » de Frison Roche. Je ne connais pas la montagne. La neige, nous en avons tous les ans en Bretagne, parfois une vingtaine de centimètres et les routes sont bloquées. Nous faisons des batailles de neige comme partout mais je n'ai jamais vu les hautes montagnes. Le résumé de ce livre m'interpelle et me donne envie de découvrir cet univers si particulier. Je rêve déjà de ces montagnes mais cela me semble si loin, si inaccessible.

Je reçois également un livre de Jules Verne, « Vingt mille lieues sous les mers ». Je me demande bien ce que raconte cette nouvelle histoire. J'aime vraiment lire ses livres. Que ce soit de « La terre à la lune » ou « Le tour du monde en 80 jours », cela me fascine. La page de couverture représentant des hommes marchant sous l'eau est encore une invitation au voyage mais cette fois-ci dans les profondeurs. En feuilletant le livre, je découvre quelques illustrations très étonnantes d'un sous-marin et d'une pieuvre géante. Je me demande par quel livre je vais commencer !

Mon père me donne également une pièce de 1 franc.

- Cela te permettra d'acheter des vignettes de football prochainement !

J'attends avec impatience mon futur album de football Panini pour cette nouvelle saison 1976 que j'ai déjà demandé pour Noël.

Papa me fait comprendre que je pourrais courir à la librairie dès le début d'année pour compléter mes premières images. Je rêve déjà de trouver l'ensemble des vignettes de l'équipe de St-Etienne dont nous sommes tous fans à l'école. Je suis fasciné par le joueur incroyable de cette équipe des verts, Dominique Rocheteau. Je suis très admiratif des non moins talentueux Dominique Bathenay et Gérard Janvion. J'ai aussi mon joueur étranger préféré. Il s'appelle « Johan Cruyff ». Il est hollandais et c'est un sacré buteur.

La table est désormais débarrassée et Maman demande à Roland de monter sur une chaise pour déclamer son poème qu'il prépare pour l'école.

Roland récite avec énergie ces quelques strophes apprises les jours derniers. Pour la dernière fois, je monte sur cette chaise pour réciter à mon tour mon poème. C'est avec emphase et gravité que je déclame sa dernière strophe peu joyeuse d'un poème écrit à l'école s'inspirant de Jules Breton.

« Quand tonne la tempête, le vent est dans mon cœur » !

La dernière poésie de mon enfance clôture ainsi ce déjeuner d'anniversaire sous les applaudissements de mon public familial.

Nous sommes le 8 novembre 1975, je viens de quitter les anniversaires à un seul chiffre. J'en suis fier et heureux. Une nouvelle page de ma vie s'ouvre que j'espère joyeuse. Contrairement à mon poème, c'est le cœur léger et les bras chargés de cadeaux que je retrouve mon espace de rêverie et d'imagination, ma chambre.

Chapitre 2

J'habite à Pluvigner dans une petite ville du Morbihan en Bretagne au 6 rue Saint Michel.

Notre maison est également un commerce d'alimentation générale qui se trouve juste au milieu de cette rue. C'est la rue la plus commerçante de la ville, le centre de vie de cette commune. Elle est située entre 2 places au bout desquelles se trouve d'un côté la mairie et de l'autre l'église. La distance est assez faible entre les 2. C'est la rue principale que doivent utiliser les véhicules pour traverser la ville. L'été, nous avons également le passage des touristes anglais qui rejoignent la côte. C'est donc un lieu de passage assez important. Le samedi, au printemps, nous avons régulièrement un cortège de mariés qui va gaiement, accompagné par l'accordéoniste de la mairie à l'église. Ce cortège a le privilège de bloquer une partie de la circulation de la rue principale sous l'admiration et le sourire attendri des voyageurs bloqués dans leur véhicule.

Cette jolie et joyeuse procession permet de présenter aux personnes de la commune les nouveaux époux. Dès que nous entendons l'accordéon de Jean, notre voisin d'en face, nous nous précipitons dehors pour saluer les jeunes mariés et les familles que Maman connaît généralement très bien. Chacun y allant de son étonnement, de sa surprise à voir telle ou telle personne dans la liste des invités. Cela produira son lot de rumeurs pour la semaine à venir, jusqu'au prochain mariage.

Ce voisin est d'ailleurs propriétaire du restaurant où la majeure partie des mariages de la commune sont célébrés. Nous connaissons cette famille de musiciens, les musiques, animations et chants de ces mariages qui égaient notre rue jusqu'à une heure du matin. Thierry et Pascal, les deux garçons de la famille sont, comme leur père, passionnés de musique.

Leur mère vient régulièrement faire ses achats pour le restaurant au magasin et il n'est pas rare de la voir venir en urgence pour compléter un manque au service du jour. Maman notera, comme pour beaucoup de clients, la note sur son cahier à spirale. Le règlement s'effectuera comme toujours à la fin du mois.

A gauche en sortant du magasin, nous avons notre boucher, Raymond Le Letty. Il me fait un clin d'œil complice à chaque fois que je viens acheter quelques tranches de jambon pour les besoins de la maison. L'une des rares choses que nous ne vendons pas dans notre magasin.

Notre charcutier et notre poissonnier sont à quelques maisons du magasin. Les boulangeries et pâtisseries sont de chaque côté de notre rue. Nous vivons donc dans la rue commerçante de la commune et nous nous connaissons tous.

Nous sommes samedi matin. Tandis que Maman gère son commerce d'alimentation générale et s'occupe de ses clients, j'utilise mes patins à roulettes dans notre cuisine de 12 mètres carrés. La table n'est pas très grande mais cela ne m'empêche pas de me sentir comme un champion de vitesse. Lorsque je vois que le magasin est vide, je me précipite pour faire le tour des rayons à toute vitesse. Je suis comme ces champions sur piste de glace sur leur anneau de compétition. Maman ne dit rien, je n'ai pas vraiment d'autres endroits pour faire du patin. Elle me laisse faire mes quelques tours avant que je ne me lasse en espérant que je ne renverserai rien de bien important.

    Je passe ainsi du magasin à la cuisine puis de la cuisine au magasin jusqu'à ce qu'un client franchisse la porte déclenchant ainsi la sonnette de la fin de ma course.

    Ce petit magasin est une véritable caverne d'Ali Baba. Nous vendons les articles de base d'une alimentation générale, les conserves, des gâteaux, des produits d'entretien. Dans le rayon frais, nous avons différents produits laitiers, des camemberts fermiers, des œufs provenant de notre producteur local, du beurre demi-sel à la coupe ou enveloppé. Depuis peu de temps, nous avons des fromages à la coupe tels que le roquefort et le saint-nectaire ou le gruyère. C'est une véritable innovation que de nombreux clients viennent découvrir. Parfois, mon père rapporte une caisse de harengs séchés, son péché mignon comme dit Maman. A l'automne, il achète chez un grossiste des boîtes de figues et des dattes séchées qui lui rappellent des souvenirs d'Algérie. N'ayant pas de réfrigérateur dans notre cuisine, nous entreposons nos produits frais, notre jambon et notre beurre dans une partie du frigo du magasin que nous nous réservons.

    A vrai dire, le commerce tout entier est notre réserve car nous n'avons pas vraiment de place dans la cuisine pour avoir un autre lieu de stockage de nos conserves. Cela serait bien inutile.

    Nous vendons également de la laine car cela fait plaisir à Maman de prodiguer des conseils sur le tricotage. Nous avons également, et pour mon plus grand plaisir, des glaces à vendre l'été, des bâtonnets et des cônes. Le congélateur n'est pas bien grand mais il est suffisant pour ravir les enfants du quartier.

En automne, les rayons se remplissent de fournitures scolaires, de cartables mais aussi de cartouches et de fusils. Ils précédent ainsi les jouets, les décorations et les boîtes de chocolats pour les fêtes de Noël. C'est un étonnant et très surprenant mélange d'articles qui apparaît au rythme des saisons.

Nous avons tellement d'articles différents que je suis toujours avide de découvrir les nouveautés de la saison.

La seule chose que nous ne changeons pas de place, ce sont les grandes bougies qui servent pratiquement toute l'année lors de coupures de courant dans la ville ou dans la rue. C'est toujours une situation très drôle de voir les voisins se précipiter sous une pluie d'orage vers le magasin. Ils viennent acheter des bougies dans le noir le plus total du magasin en rigolant car ils ne retrouvent plus leurs bougies achetées la dernière fois. Lorsqu'ils arrivent chez eux, généralement le courant est rétabli. Ils rangeront leurs bougies comme les autres dans un endroit qu'ils oublieront probablement très rapidement.

Nous avons tellement d'autres articles dans ce magasin qui ne doit pas faire plus de 50 mètres carrés que je ne suis pas certain de connaître tout ce que nous vendons.

Maman m'appelle.

- François, il va falloir que tu donnes aussi un coup de main à la boutique désormais. Tu es assez grand pour ça. Pendant que je serai à cuisiner, tu iras servir les clients.

- Ben, j'aime pas trop ça.

- Je sais mais tu y arriveras. Je vais te montrer plusieurs choses. D'abord l'utilisation de la balance. Tu vois les graduations. Tu regardes le prix au kilo qui se trouve sur les étiquettes des fruits et légumes. Après tu trouves la ligne correspondante sur la balance.

- Jusque-là, ça va. « Testu », c'est quoi ? Le nom de la marque ? C'est connu ?

- Oui mais regarde, après tu mets les fruits dans un pochon en papier puis sur le plus grand plateau et tu regardes le prix indiqué pour la ligne.

- Par exemple, si je prends des fruits à 3 francs le kilo, je vois que ça me donne 500 grammes et que ça indique 1,5 francs sur la balance. C'est facile.

- Pour les consignes des bouteilles, tu as plusieurs prix. Il ne faut pas se tromper non plus. La consigne la plus chère est la bouteille étoilée à 0,75 centimes, la moins chère est à 0,30 centimes.

- Toutes les bouteilles sont consignées ?

- Les bouteilles pour le vin de table comme le « Père-Benoit » en 1,5 litre ne sont pas consignées mais je vais t'indiquer ça à la fin du cahier. Surtout, lorsque les personnes n'ont pas d'argent, tu peux le noter sur le cahier mais normalement, nous ne faisons crédit qu'aux clients très réguliers et qui ont déjà un compte. Si c'est une demande exceptionnelle, alors pour rendre service, tu notes le nom de la personne, la date du jour puis le montant qui reste à régler.

- D'accord.

- Il faut aussi que tu fasses attention lorsque tu rends la monnaie. Tu gardes toujours le billet que l'on t'a donné dans la main gauche tant que tu n'as pas terminé de rendre les pièces. Cela te permettra toujours de prouver que tu as reçu 10 francs ou 20 francs. Une fois dans la caisse, tu ne peux plus être certain.

- Ah oui. Je n'y avais pas pensé. Et ce cachet, c'est pour quoi ?

- C'est pour la carte de fidélité des clients. Lorsqu'ils ont fait 10 francs d'achats, tu peux ajouter un coup de tampon sur la carte du client. Après 10 cachets, ils pourront prendre soit une bouteille de vin ou une boîte de gâteaux en métal.

- Celle qui contient des palets et des galettes ?

- Oui mon gourmand ! D'ailleurs, inutile que je te demande de choisir un paquet de gâteaux pour ce soir. Je sais que ce sera ce paquet de palets bretons, tes fameux tourons.

- Ce sont les meilleurs !

- Et la chose la plus importante que tu dois garder à l'esprit, c'est que le client est roi. C'est facile de perdre un client mais toujours difficile d'en avoir de nouveaux.

Lorsqu'elle était enfant, jouer à la marchande n'était pas son activité préférée. Elle disait qu'elle n'aurait jamais fait ce métier de commerçante. Aujourd'hui, elle est heureuse d'être auprès de ses clients et ne changerait d'activité pour rien au monde. Mon premier client arrive. Maman m'assiste dans mes premières pesées. J'avais soudainement l'impression de maîtriser un secret que seuls les commerçants possèdent. Elle me regarde avec fierté.

Être capable de trouver un prix sur une balance pour n'importe quel produit, c'était presque de la magie et à priori, je m'en sors plutôt bien. Mon père n'aime pas vraiment servir au magasin. Cependant, tous les soirs, il contrôle les comptes de la journée.

Nous avons une machine qui nous permet de suivre les opérations de la journée. Papa compte l'argent de la caisse et s'assure que cela correspond aux ventes de la journée tout en prenant en compte les nouvelles lignes du cahier des dettes.

Lorsque les comptes ne sont pas justes, il faut alors regarder toutes les lignes des ventes sur le rouleau papier de la caisse. C'est souvent très long mais l'erreur est toujours identifiée.

Il aime bien les chiffres, pendant la semaine, il travaille au Crédit Agricole de la commune alors c'est une activité qu'il connaît bien.

Il fait également partie du conseil municipal de l'équipe de monsieur Le Couviour en tant qu'adjoint aux finances. L'entrepreneur de la commune avec qui il s'entend très bien commence à développer sérieusement son activité de production de lits d'hôpitaux en France et dans le monde. Cette personne est très respectée dans la commune car il est responsable de beaucoup d'emplois qui font vivre la ville. Il est également le parrain de mon frère Roland alors il vient régulièrement à la maison. Lors de ses passages, je suis toujours impressionné par sa grande taille, son élégance et sa prestance. Sa voix est posée, ferme et sereine. Il a une réelle complicité avec papa que j'ai parfois du mal à comprendre car ils semblent être assez différents dans leur vision de la vie. Pourtant, c'est avec l'aide de mon père qu'il a développé son premier réseau de clients, démarré cette entreprise puis gagné la municipalité. Sa femme est également une très bonne cliente de maman. Elle a un très fort niveau d'exigence et sa venue au magasin est un véritable atout pour notre commerce. Elles passent souvent beaucoup de temps ensemble à discuter et semblent assez complices.

L'année prochaine, ce seront les cantonales. Durant cette période électorale, nous le verrons encore plus souvent pour discuter avec mon père de choses que je ne comprendrai sans doute pas vraiment.

Papa suit également les caisses des fêtes de la paroisse alors nous avons aussi régulièrement monsieur le curé à la maison. Il gère également les entrées des matchs de l'équipe de football du pays tous les dimanches.

Il fait également partie de l'association des anciens combattants d'Algérie, l'UNACITA, comme beaucoup d'autres personnes de la commune et assume étonnamment le rôle de trésorier. Il a donc un agenda bien chargé et la plupart du temps, la tête dans les chiffres.

Parfois, il parle de cet épisode de sa vie qui l'a éloigné de Maman alors que Jean-Paul était bébé. Comme beaucoup d'appelés du contingent, il n'avait pas vraiment eu le choix ni de la date du départ, ni de l'affectation. Malgré tout, il avait découvert un beau pays avec des personnes aux vies très différentes. Il s'occupait du foyer militaire et partait souvent faire des achats dans les villages alentours. Un pays si différent de sa Bretagne natale qu'il n'avait jamais vraiment quittée auparavant comme la majeure partie des jeunes de cette époque. Durant cette période militaire, il s'occupait surtout de ravitailler la caserne et le foyer en effectuant des courses en ville du côté d'Alger. Il avait eu de nombreux contacts chaleureux avec la population qui n'hésitait pas à lui offrir du thé, des dattes et des pâtisseries. Il sentait aussi des regards suspicieux de certains habitants alors il ne traînait pas trop en ville par crainte d'une mauvaise rencontre. Il avait un sentiment très mitigé sur sa présence dans ce conflit. Il avait vu certains gradés avoir des gestes de maltraitance sur certains Algériens. Cela l'avait bouleversé car il ne pouvait rien faire et ne rien dire. Il avait vu aussi de pauvres soldats français tués atrocement, leurs corps mutilés et exposés.

L'appelé qui prendra sa place décédera, tué par un tireur isolé quelque temps après son départ. Cette période restait difficile à évoquer.

Papa revient du jardin. Nous avons un grand jardin rue Miliaro et mon père adore jardiner. Ce jardin est assez grand pour avoir deux parties. La première partie est un espace pour les poules qui sont en liberté. La seconde partie est un potager au fond duquel se trouve un puits. Les deux parties sont séparées par un grillage assez haut pour dissuader les poules d'aller directement se servir en légumes. Généralement, il prépare le repas dominical. C'est souvent un poulet, parfumé avec quelques feuilles de laurier thym venant du jardin, qui servira de festin. Les pommes de terre du potager se transformeront en de belles frites délicieuses à croquer. Au printemps, il aime ramener avec pudeur un bouquet de fleurs de camélia pour Maman. Généralement, il me confie le bouquet pour faire le trajet du jardin à la maison.

Il aime bien cuisiner et est toujours très attentionné avec chacun. Jamais il ne lève ni la main ni la voix. Ce n'est pas dans sa nature, il est juste content de voir son petit monde s'épanouir comme il peut, avec ses propres moyens. Enfant, le contexte familial avait été difficile. Il avait 7 ans lorsque son frère aîné « Joe » était décédé subitement sans qu'on en connaisse la raison. Sa mère ne s'en remettra jamais. Elle décèdera quelques années plus tard. Avec son père et son frère, ils ont dû faire front commun pour s'en sortir. Ils ont appris à s'occuper de la maison, cuisiner mais aussi à gérer la boutique. La famille compte donc beaucoup pour lui.

- François, tu peux venir m'aider avec René-Yves pour l'arrivée des chasseurs au magasin et préparer les colis de gibiers ?
- Je pourrai vendre des cartouches ?
- Nous regarderons ça ensemble.

Nous sommes le samedi. Aujourd'hui, les chasseurs vont venir plus particulièrement au magasin. Le dimanche, c'est le jour de chasse le plus important de la semaine. Il est donc important d'avoir suffisamment de cartouches pour la journée. Le gibier est abondant. Il se cache très facilement dans les petits bois et innombrables talus. Les parcelles de terre sont petites. Le gibier peut facilement se réfugier d'un endroit à un autre sans être à découvert.

- Tiens, comment vas-tu Marcel ? dit mon père accueillant ainsi un de ses amis chasseurs.

Je connais bien ce monsieur, le propriétaire de la scierie de la commune, c'est un bon copain de Papa. Il vient souvent à la maison pendant la saison de la chasse.

Sa fille Patricia est dans ma classe. Elle taquine souvent les garçons pendant les récréations. Elle a des cheveux noirs très longs et ondulés, les yeux noisette mais elle est plus grande que moi de 2 ou 3 centimètres malgré mon 1m30.

- Très bien, la chasse a été bonne cette semaine. Je t'ai apporté un beau faisan et un bon gros lièvre.

Il les sort discrètement et délicatement de sa gibecière.

- Ce sont de très belles pièces. Il est beau ce coq. Je t'en donne 20 francs si tu es d'accord.
- Merci. Tu viens avec nous demain matin ?
- Oui. Je pense pouvoir venir.

- Papa, je peux venir aussi ?
- C'est trop dangereux et nous partons trop longtemps. Tu es trop jeune pour ça. Nous verrons ça plus tard. Il te faut des cartouches Marcel ?
- Oui, tu peux me donner 2 boîtes de 10 en calibre 12. Une boîte de rouge et une boîte de vert.
- C'est quoi la différence ?
- François, le rouge c'est pour une distance de 20 mètres et le vert c'est plutôt 30 mètres. C'est important de bien choisir ses cartouches en fonction du terrain et de la visibilité, m'explique mon père.
- Je vais les chercher.

Je regarde ce faisan avec fascination. Les plumes sont longues, certaines sont de différentes couleurs vives alors que d'autres sont ternes. Sa tête est magnifique, les couleurs rouges autour des yeux, son cou violet lui donne un aspect très particulier.

Déjà d'autres chasseurs entrent dans la boutique. Nous rachetons, pour quelques francs, les perdreaux, perdrix grises, des bécasses au bec si long et si fin mais aussi quelques lièvres dont la peau est si douce au toucher. Les jeunes de la commune apportent également leurs trophées qu'ils ont attrapés grâce aux pièges que nous vendons.

Voici mon copain de classe Régis. Il est le plus petit de la classe mais il est malin, assez costaud et toujours prêt à faire une belle blague. Il est venu à vélo de Kervigot, sa ferme n'est pas à côté du bourg. Il a dû parcourir 5 kilomètres pour venir au magasin.

Je lui demande :
- Salut Régis, ça va ? Tu as fait une belle chasse ?
- Salut ! Une belle petite chasse, regarde ces prises ! dit-il avec fierté.

Il apporte avec d'autres copains agriculteurs quelques merles noirs avec leur bec jaune orangé et quelques mauvis au plastron tacheté de marron. Ils sont fiers de leur chasse. René-Yves regarde à 2 fois la qualité de ces oiseaux avant de les acheter. Il analyse la chasse de Régis.

- Bon, il est un peu abîmé ce merle non ?
- Oui mais il est bien quand même, non ?
- 4 francs pour ces 4 prises ! Je te propose 0,50 centimes pour celui-là. Tu es d'accord pour 4,50 ?
- D'accord et je vais acheter 2 nouveaux pièges à gourmands alors, répond Régis en plaisantant.

Régis désigne du doigt le piège métallique à ressort. Celui-ci se referme lorsqu'un merle se pose dessus pour attraper une friandise. Il serait bien préférable qu'il résiste à cette tentation s'il ne veut pas finir dans le magasin.

- A 30 centimes le piège, je te dois finalement 3,90 francs mais on va dire 4 francs pour cette fois-ci.
- Et je vais acheter aussi quelques bonbons pour un franc, dit-il avec ses yeux tout écarquillés.

Parfois, nous achetons le gibier pour faire uniquement plaisir au chasseur. Nous les mangerons ou les jetterons en fonction de sa qualité.

Comme le dit Maman, il faut parfois savoir faire plaisir au client car le client, c'est le moteur de notre commerce.

La matinée se termine, la table à manger est recouverte de gibier. Nous avons acheté 7 lièvres, 5 faisans, 8 perdrix, 5 perdreaux, 8 bécasses, 14 merles, 8 grives et un écureuil roux avec ses oreilles toutes pointues dont la queue est si douce.

Je suis en admiration devant toutes les couleurs de ces plumages. J'ai l'impression de voir une peinture comme celle qui se trouve dans notre salle à manger que nous utilisons uniquement lors des jours de fêtes particuliers. Une belle et grande pièce inutile comme dans la majeure partie des maisons. Cette pièce semble sacrée car nous devons avoir l'autorisation pour y aller et utiliser obligatoirement des patins pour ne pas user le parquet qui restera sans doute neuf jusqu'à mes vieux jours.

Les lièvres sont puissants et doivent peser dans les 6 kilos. Ils sont très lourds. J'ai un profond respect et une grande sensibilité pour les animaux. Malgré quelques réticences, j'admets aussi cette pratique de la chasse.

Nous devons les trier par espèce mais avant de les ranger dans les caisses en bois, je les caresse tendrement et affectueusement, m'excusant de cette situation avec tristesse. Ces caisses, nous les déposerons sur le quai de la gare d'Auray. Elles partiront pour une expédition rapide par train vers des restaurants de Lyon. Je me demande si les clients se poseront la question de savoir d'où viennent ces oiseaux. Le client de ce restaurant étoilé qui se délectera d'un petit merle ne se doutera jamais de l'origine de cet oiseau. Il ne soupçonnera pas le moins du monde que son repas vient d'une prise faite par un enfant de 10 ans. Par un gamin qui s'appelle Régis !

Chapitre 3

Cet après-midi, nous avons eu un match de football sur le nouveau terrain de foot du « Goh Lanno ». Je suis en benjamin. Cela fait déjà 3 ans que je joue dans l'équipe des Kériolets. Hier, nous avons fait un match contre l'équipe de Landévant et nous avons gagné 3 à 2. Le match avait été très intense. J'avais marqué mon premier but de la saison et le dernier but du match. J'étais tellement content que j'avais levé les bras si haut que j'aurais pu déplacer les nuages. Dans les vestiaires, nous avions refait le match plusieurs fois.

Mon meilleur copain Denis m'avait fait une superbe passe juste devant le but. J'avais effectué un super tir croisé qui n'avait laissé aucune chance au gardien. Il était super content pour moi.

Il aurait sans doute pu tenter de marquer ce but tout seul mais il avait préféré me donner une chance que j'avais saisie. Denis est issu d'une famille nombreuse. Lui aussi est l'avant-dernier de la fratrie. Sa chevelure épaisse brune et volumineuse m'impressionne. On dirait qu'il porte un casque. Je le taquine parfois en lui demandant si son peigne ne s'est pas perdu dans sa tignasse.

Jean-Yves a également marqué un but en dribblant le goal après avoir volé le ballon à un défenseur.

Jean-Yves est un passionné d'histoire et de football. Avec ses cheveux longs et noirs, il ressemble à un hippie. Il adore l'histoire et ne manque jamais une occasion de nous parler d'un fait, d'un événement. Parfois, il semble triste, un peu perdu lorsqu'il évoque certains passages de l'histoire. Son père était notre instituteur de CM1, passionné lui aussi par l'histoire. Nous avions passé beaucoup de temps pendant l'année sur cette matière.

Michel a encore marqué un but de la tête sur un coup de pied arrêté tiré par Eric. Michel, le plus blond de l'école a pour habitude de tout bricoler. Il adore le sport et la mécanique. Il est le plus sportif de l'école. Il est toujours prêt à relever un défi et se porte volontaire pour toutes les activités physiques. Ses parents sont grossistes. Ils vendent du charbon, du fuel, des boissons, dont les fûts de bières aux restaurants et bistrots.

Eric, que l'on surnomme « Le grand » car il a de larges épaules et fait juste une tête de plus que nous alors que nous avons le même âge. Il aime la menuiserie et le football. Contrairement à Jean-Yves, il a les cheveux très courts et donne l'impression d'être une jeune recrue de l'armée à se tenir si droit. Parfois, avec son air renfrogné, j'ai l'impression que nous l'avons contrarié et qu'il va nous tomber dessus. En réalité, il est juste un peu dans la lune et souvent maladroit. Son père est artisan peintre. Les mères de Jean-Yves et Eric gèrent le quotidien de la maison et aident leurs maris dans leurs activités.

Après avoir salué l'équipe adverse, nous étions super excités dans le vestiaire. Nous nous réjouissons de nos réussites respectives et nous nous imaginons comme notre champion « Bedin » de l'équipe des Kériolets. Il marque des buts incroyables, de la tête ou par un retourné acrobatique. C'est le joueur le plus incroyable de notre commune et certainement du département.

Cette victoire, nous la célébrons au café Allanic sur la place centrale de la ville. Nous avons bien mérité notre verre de « Pschitt » à l'orange ou au citron. Tandis que Michel récupère la totalité des maillots à laver puisque c'est son tour, Denis m'interpelle.

- Tu viens à la maison ?
- D'accord, je dépose mon sac de sport à la maison et j'enfourche mon vélo.

Je vais souvent chez Denis. Je suis un peu à la maison là-bas. Ses parents ainsi que toute sa famille sont toujours très attentionnés et je reste le temps que je veux.

- Bonjour François, tu es en balade ? Les enfants, c'est l'heure du 4 heures. Vous voulez prendre quoi ? demande la mère de Denis.

Avec ses sœurs et son frère, je m'installe à table.

- Tiens, je te donne un bol pour le chocolat après tous vos efforts. Ça ne sera pas de trop, dit-elle avec bienveillance.

Je prépare mes énormes tartines de pain de 3 livres avec du beurre demi-sel avant de les tremper dans ce délicieux bol de chocolat au lait. Denis préfère la confiture familiale de mûres et engloutit une seconde tartine avant de pouvoir trouver la satiété.

- Nous sommes désormais 2ième du classement au football, me dit-il repu.
- Oui la semaine prochaine, ce sera le dernier match de l'hiver et nous allons jouer à Grand-champ. Ils sont assez forts aussi mais nous pouvons les battre.
- L'année dernière nous avons perdu de justesse mais cette fois-ci nous serons les meilleurs.

Nous imaginons notre match et revivons inlassablement le match du jour avant de prendre nos vélos pour retrouver les copains de la rue. A côté de chez lui, habite sa cousine Laurence qui est dans la même classe que nous. Elle a des yeux bleus et des cheveux châtain clair comme moi. J'adore son sourire et la taquiner. C'est donc une très bonne idée que de faire du vélo dans sa rue. Peut-être qu'elle sera là. A vrai dire, je crois que je l'aime bien.

Etonnamment, nous retrouvons Jean-Yves et Michel qui innocemment se promènent également dans cette rue avec 2 autres copains.

Michel a transformé son vélo en Harley Chopper. Il a installé un guidon chromé qui lui positionne les mains pratiquement à la hauteur de la tête. A côté du sien, celui de Jean-Yves a piètre allure. Son vélo est beaucoup trop petit et couine de partout. Les quelques autocollants déposés sur le cadre ne seront pas suffisants pour lui donner la parure d'un vélo de course et la vitesse suffisante pour en faire un adversaire redoutable.

Nous voici donc à 6 vélos à tourner dans le même quartier sans vraiment savoir quoi faire. Je propose alors :

- Et si nous faisions une course ?
- Ok, je suis d'accord, répond Denis.

Nous sommes sur notre ligne de départ. La course est lancée. Nous déboulons à toute vitesse dans les rues et entre les voitures sans respecter la moindre signalisation, franchissant les carrefours sans prendre la moindre précaution.

Nous roulons à toute vitesse avec nos vélos inadaptés et passons la côte du Hirello avec énergie. Michel a du retard car son vélo est plus adapté à de la parade qu'à une course.

Nous souhaitons franchir le premier cette ligne d'arrivée fictive et recevoir les embrassades imaginaires de Laurence. La chaîne du vélo de Jean-Yves a déraillé en haut de la côte. Il termine la course en marchant, dépité par sa monture alors que Michel le rejoint.

Le reste de la troupe pédale toujours à vive allure en coupant les virages jusqu'à la ligne d'arrivée.

La victoire de cette course effrénée fera débat, chacun des rescapés jugeant qu'il a franchi la ligne en premier.

Nous n'aurons pas la visite de Laurence pour nous départager, que ce soit pour la victoire ou pour choisir son favori. Au fond de moi, je suis certain que c'est à moi qu'elle accorderait la victoire. Enfin, je le crois très fortement mais probablement comme les autres.

- Il faut que je rentre, il est déjà tard. Il est 19h.
- Oui, il ne faudrait pas que tes parents appellent les gendarmes, plaisante Denis.
- Ah ça, c'est malin ! dis-je en tournant la tête de dépit.

Il faut dire que 2 ans plus tôt, j'étais parti avec mon cousin chez Denis à vélo sans prévenir mes parents. Nous n'avions que 7 ans. Nous étions rentrés vers 20 heures sans nous douter du temps passé. Cela avait provoqué quelques inquiétudes, l'appel de la gendarmerie et nous nous étions faits sacrément enguirlander.

Fatigué de ma journée, je retrouve ma famille pour le dîner.

- Il est temps d'arriver. Tu étais où encore ? me demande mon père d'un air sévère.
- Avec des copains !
- Comme toujours ! Nous sommes déjà à table. Dépêche-toi de te laver les mains. Il est 20 heures. Tu devrais regarder ta montre.
- Mais, je n'ai pas de montre !

Nous sommes samedi et ce soir, nous avons le droit de regarder l'émission de variétés très populaire des Carpentier.

La semaine, nous n'avons que très rarement le droit de la regarder. Il faut être en forme pour aller à l'école. Alors, avec Patrice et Roland, nous descendions discrètement quelques marches de l'escalier pour pourvoir regarder la télévision sans être vus. Cela ne durait jamais très longtemps car malgré tous nos efforts, nous ne pouvions résister aux films drôles des gendarmes à St-Tropez joués par De Funès sans éclater de rire. Démasqués, nous remontions alors précipitamment dans nos chambres.

Il est déjà 20h30, l'émission va bientôt commencer. Nous adorons tous cette émission festive. Souvent, les artistes ne se prennent pas trop au sérieux et se tournent en dérision pour faire le spectacle. D'autres fois, c'est du grand show musical avec des ballets. J'adore retrouver mes chanteurs préférés et les voir jouer des sketches. Je suis un fan de plusieurs chanteurs. Joe Dassin et Claude-François sont mes préférés. Patrice est un inconditionnel de Michel Sardou, Enrico Macias et de Carlos dont il ne résiste à aucun de ses déguisements pour rire. Les blagues de Thierry Le Luron offusquent Maman qui trouve qu'il exagère à se moquer des autres. Papa, lui, préfère Nana Mouskouri et Dalida alors que Maman attend avec impatience Sacha Distel et Mireille Mathieu.

Parfois, certains comédiens viennent faire quelques sketches. Maman est ravie lorsque Alain Delon ou Gabin apparaissent.

Chacun y trouve son compte et nous passons le samedi soir un agréable moment en famille devant la télévision. Les artistes s'amusent et nous nous amusons avec eux.

La soirée se termine tard. La journée fut bien remplie. Je plonge très rapidement dans les bras de Morphée après la lecture de quelques pages de bande dessinée.

*

Aujourd'hui, nous sommes dimanche et je dois vite me précipiter à l'église car je suis enfant de chœur. Avec mes copains, nous devons accompagner le curé de la paroisse au bon déroulement de la messe et aider à la cérémonie des baptêmes.

Je suis en retard, car ma journée d'hier s'est terminée très tard. Je ne me suis pas réveillé ce matin. Je me précipite vers l'église qui se trouve à 300 mètres de la maison. Pour arriver plus rapidement dans la petite salle où nous nous préparons, je choisis le chemin le plus court. J'entre alors dans l'église par le transept gauche. La nef est déjà presque pleine. Je me signe rapidement avec l'eau du bénitier avant de retrouver mes camarades. Je retrouve donc ce dimanche matin, Jean-Yves, Michel et Eric à l'église. Ils ont tous un sacré tempérament mais ils sont aussi des copains très joyeux et farceurs. Je crois que je suis le seul véritable enfant de chœur, enfin je crois que je suis plus réservé et moins audacieux qu'eux.

- Tu es en retard, me dit Michel.
- Oui j'ai oublié de me réveiller et j'ai un peu couru !
- A chacun sa croix, mais je peux te prêter des baskets qui vont plus vite, rigole-t-il.

- Et pourquoi pas un réveil qui te tape sur la tête, complète Eric.
- Très drôle, dis-je alors dépité.
- J'espère que les parents seront généreux pour le baptême, s'interroge Jean-Yves.

Nous sommes dans la petite chapelle de l'église qui est contiguë aux ruines de Notre-Dame des Orties. Nos aubes blanches sont prêtes. J'enfile rapidement la mienne.

Nous chahutons et prenons le risque d'être encore un peu plus en retard. Jean-Yves détache les lacets d'Eric tandis que Michel m'empêche d'enfiler mon aube en me bloquant les bras en l'air.

- Dépêchez-vous, vous êtes en retard, dit le curé.
- Décidément, je vais courir toute la journée.

Le curé de la paroisse est sympathique et ravi d'avoir notre présence pour organiser cette cérémonie. Il est gentil et met à disposition les annexes du presbytère pour que les jeunes de la commune puissent se retrouver. Il est connu de tous et s'implique dans la vie de la commune.

Malgré la solennité du moment, nous avons un peu de mal à garder notre sérieux. Pendant la cérémonie, nous faisons des mimiques pour singer gentiment notre curé.

Nous sommes entre l'autel et le tabernacle juste derrière notre prêtre. Nous pensons être assez discrets pour que cela reste entre nous et ne soit pas visible de l'assemblée. Parfois avec Jean-Yves, nous faisons un concours pour savoir qui saurait dire le plus rapidement les prières ou les sermons du curé. Chaque sujet est une occasion de plaisanter.

Durant la cérémonie, nous bousculons celui qui est le plus proche des quelques marches de l'autel en espérant qu'il tombe, rien que pour rigoler. Lorsqu'Eric, qui est le plus fort, porte la croix ou la plus grosse des bougies, nous essayons de le faire rire.

A l'issue de la cérémonie, les parents du baptisé nous ont donné quelques pièces, quelques sachets de dragées, heureux de constater que nous n'avons pas massacré la cérémonie par nos facéties.

La cérémonie du baptême terminée, nous rassemblons les affaires puis nettoyons l'autel avant de déposer nos tenues dans la chapelle, satisfaits de cette matinée et de nos pitreries. Notre curé nous remercie pour notre discipline et attitude sans avoir perçu la moindre de nos facéties.

- Bon moi, j'ai 2 francs et toi ? dit Michel.
- Moi j'en ai reçu 3.
- Et moi 2 sachets de dragées et j'ai même goûté le vin du curé. Il pique, ajoute Eric fier de lui.
- T'es pas croyable, tu aurais dû partager. En tout cas, moi, j'ai reçu 5 sachets, complète Jean-Yves.

Ok, on partage ce que l'on peut et ensuite on achète des bonbons. Vous êtes d'accord ? annonça Michel.

Alors que nous sortons de la chapelle, j'aperçois Pascal, un très bon copain de Jean-Paul, qui se dirige vers le fond de l'église. Je le connais bien, il vient parfois le voir à la maison.

Je le salue de la main.

- Salut François, me dit-il.
- Que fais-tu ici ?
- Les horloges ne sont pas justes, je dois aller les mettre à l'heure. Vous voulez venir avec moi ?

Pascal est le fils du bijoutier-horloger de la commune et doit s'occuper des horloges de l'église.

- Avec plaisir ! répondons-nous.

Il a les clés de toutes ces portes verrouillées de l'église. Nous franchissons la porte principale derrière laquelle se trouvent les bannières et des saints utilisés lors de la fête du Pardon dont celui de la Banielo. Après avoir ouvert la porte dérobée interdite au public, nous montons dans ce clocher. L'escalier en colimaçon est très étroit. Les marches en granit sont hautes, un peu glissantes et la lumière est très faible. Cette ascension est comme une aventure. Je me demande combien de marches nous allons gravir pour arriver en haut. Nous allons à la découverte d'un lieu interdit. Nous sommes comme des aventuriers dans un monde invisible de tous. Après quelques minutes d'ascension, nous découvrons une vue incroyable sur le bourg et les environs. Pascal nous précise que Pluvigner est sur une colline à 81 mètres d'altitude puis nous présente les différentes cloches.

Il nous explique également que ces cloches sont désormais déclenchées automatiquement et plus par la corde qui pend mollement vers le sol. Il nous autorise à tester les différentes sonorités.

- Pluvigner aura le droit à un drôle de concert de cloches aujourd'hui, dit Pascal en souriant.

Nous rigolons de nos improvisations avant de repartir admirer la vue par les larges ouvertures du clocher sur l'extérieur. Je suis fasciné par cet endroit magique et la vue exceptionnelle du haut de notre église. D'un côté, j'aperçois notre très particulier château d'eau en granit, de l'autre la basilique de Sainte-Anne-d'Auray. Beaucoup plus loin, j'entrevois l'océan. Le ciel est d'ailleurs beaucoup plus dégagé vers la mer que vers les terres. Nous avons très peu de temps pour profiter de cet instant car déjà nous devons redescendre et laisser Pascal à ses réglages de l'horloge.

- On se retrouve dehors ? déclare Michel en se précipitant vers l'escalier et en descendant quatre à quatre les marches.

Le reste de la troupe descend plus prudemment en se tenant au mur suintant d'humidité.

Nous retrouvons Michel après quelques minutes. Jean-Yves a chapardé à son père une cigarette, une gauloise brune sans filtre, puis il nous propose de la fumer. A l'extérieur de l'église et pour la première fois, nous allumons une cigarette.

Eric prend avec beaucoup d'assurance le soin d'allumer la cigarette. Il souffle la fumée vers le ciel comme si ce n'était pas la première fois. Il me la tend, je suis perplexe mais également attiré. Je prends alors la cigarette entre mes doigts puis je la porte à mes lèvres. Cela me fait une drôle de sensation que d'avoir cette cigarette à la bouche. Je me sens ridicule.

- Allez, aspire, me dit Michel impatient.

J'aspire alors une grosse bouffée de fumée. Je m'asphyxie, je tousse, je crache. Je trouve ça horrible.

Michel et Jean-Yves rigolent à ne plus se retenir.

- Vas-y toi tu verras, dis-je à Jean-Yves.

- C'est facile, regarde un homme ! me répond-il.

Voulant me prouver son expérience, il aspire une grande bouffée puis avale la fumée croyant être capable de l'assumer. A son tour, il s'étouffe puis tousse à ne plus en pouvoir, provoquant l'hilarité générale de notre petite troupe.

Michel essaye à son tour sans vraiment plus de succès.

- Moi, je préfère fumer des fougères, dit-il.

Nous abandonnons cette expérience sans regret. Michel propose d'acheter quelques chewing-gums pour retrouver une haleine acceptable. Je trouve cette idée surprenante car je ne pensais pas que nous avions une odeur particulière. Le chewing-gum mentholé dans la bouche, j'ai l'impression de retrouver un peu d'oxygène.

Malgré tout, nous sommes très fiers de nous, de cette expérience.

Nous repartons vers nos maisons avec nos quelques pièces dans nos poches, le sourire aux lèvres et l'impression d'être devenus plus grands.

**

De retour à la maison, Grand-père est déjà là, assis dans un coin de la cuisine à déguster un verre de porto et à grignoter quelques cacahuètes trop salées. Il surveille une mouche insouciante qui vient de se poser sur le rebord d'une chaise. Il se demande s'il va réussir à la tuer d'un coup avec son mouchoir en tissu. Il vient pratiquement tous les dimanches à la maison pour le déjeuner dominical. Il est venu à pied de chez mon oncle qui habite place St-Michel. Grand-père travaille toujours un peu puisqu'il vend du tabac dans la boutique de mon oncle. Il a déjà réparti l'essentiel de son héritage entre ses deux fils. D'un côté, la compagnie de cars et le bureau de tabac, de l'autre côté le commerce d'alimentation générale. Ces héritages font régulièrement l'objet de disputes ou de malentendus. Je ne sais pas vraiment pourquoi et cela me dépasse un peu. Quoiqu'il en soit, nous ne voyons mon oncle et ma tante que dans de trop rares occasions alors que nous

nous entendons bien avec mes cousins. La télé est allumée. Patrice regarde l'émission « La séquence du spectateur » commentée par Pierre Tchernia. J'entends le bruit sec d'un claquement du mouchoir. La mouche a réussi à s'échapper pour cette fois.

- Alors François, tu te promènes ? demande Grand-père.

- Je reviens de l'église. Il y avait un baptême aujourd'hui, c'était un peu plus long que d'habitude.

Il prend alors son tabac à priser. Il dépose cette poudre noire entre le creux de son pouce et de son index avant de l'aspirer par une narine.

- Ah un baptême, c'est bien. Tu veux essayer ? me dit-il en me présentant sa boîte grise.

- Ah non, merci.

- Et du tabac à chiquer, tu en veux ? dit-il en souriant.

J'avais essayé assez de choses aujourd'hui et je ne comprends ni son insistance ni son sourire. Je me demande s'il ne sait pas quelque chose de mon expérience de la matinée.

- Tiens ! Voici un franc pour toi. Tu trouveras bien quelque chose pour te faire plaisir.

- Merci. Je dois justement acheter des lanières de gomme pour refaire mon lance-pierre. J'irai chez le marchand de cycles. Il en a toujours.

- Et tu fais quoi avec ça. Tu chasses ?

- Non, c'est pour jouer avec les copains.

- C'est un drôle de jeu non ?

- La semaine dernière, c'était une véritable bataille. Je ne sais pas comment, mais nous avons eu 2 équipes qui se sont créées spontanément. Alors, les glands ont volé dans tous les sens.

- Eh bien !

- D'un côté, j'étais avec Gwenaël et Stéphane Bagousse et d'autres copains du quartier Bellevue. Tu sais, ce sont les enfants de la dame qui vient faire le ménage une fois par semaine à la maison. Je vais souvent jouer chez eux. Bon, c'est vrai, parfois on se bagarre un peu mais on se connaît bien, alors c'est pas grave. Dans l'autre équipe, j'avais mes autres copains de l'école. En tout cas, j'ai reçu un gland sur le bras et ça fait mal. J'ai même encore un gros bleu.
- Eh bien !
- Après nous avons construit une cabane en haut d'un arbre. C'était la paix !
- Eh bien !
- Oui, nous montons dans les arbres comme des compagnons de Robin des Bois. De plus en plus haut, de plus en plus vite.
- Eh bien !
- En tout cas, j'ai un sacré bleu mais c'était une sacrée belle bataille !

Je soulève la manche pour lui monter la marque de cette bataille et lui prouver ma bravoure lors de ce combat.

- Une sacrée bataille effectivement, dit-il le sourire en coin et légèrement triste. Tu sais, j'ai connu de sacrées batailles moi aussi.
- C'est vrai ? Tu peux me raconter ?
- Tu veux vraiment savoir ?
- Oui, j'aimerais bien savoir et en plus nous avons le temps. Le repas n'est pas encore prêt. Papa vient de voir son copain Yves dans la rue. Ils discutent.
- C'était pendant la grande guerre, tu sais la guerre de 14-18.

- Oui, je la connais un peu. On en a parlé plusieurs fois à l'école.
- Je suis parti le 10 janvier 1916, je m'en souviens très bien. Il neigeait. Moi qui n'avais jamais quitté la ferme de mes parents à Guénin près de Baud, je partais pour la région parisienne avec quelques copains. J'avais un copain qui parlait à peine le français. Je n'avais pas encore 20 ans mais j'étais excité et impatient. Mes 2 frères étaient déjà sur le front.
- Tu es né quand ?
- En 1897.
- Tu étais dans quelle armée ?
- J'étais dans le 25ème bataillon des chasseurs à pied dans la 5ème compagnie pour être exact. Nous sommes partis combattre les Boches dans les Vosges, aux Eparges et dans la neige. C'était épuisant.
- Eh bien !
- J'aurais tellement aimé découvrir la montagne autrement.
- Tu avais quelques jours de repos ?
- Oui, après quelques semaines, nous sommes allés à Gérardmer. C'était joli ce lac dans les montagnes et c'était au calme.
- Pourquoi on vous appelait des poilus ?
- Ben, je ne sais pas. Peut-être à cause de la barbe que l'on avait tous. On n'avait pas vraiment le temps de faire sa toilette 2 heures dans une salle de bain. C'était peut-être parce qu'il fallait être sacrément courageux pour être là. En tout cas, les poilus étaient tous courageux. Ça c'est vrai.
- Et tu as tiré souvent des balles contre les Allemands ?

- Tu sais, on tirait sans trop savoir sur quoi. Entre les déflagrations des obus, les gaz et les cris des blessés, ce n'était pas évident de savoir. On montait au combat la peur au ventre, avec notre fusil-baïonnette. C'était un Lebel, un bon fusil d'ailleurs. Je ne sais pas. On voulait surtout partir de cet enfer.

- Tu étais dans les tranchées la nuit ?
- Oui mais c'était pas le luxe. Il faisait très froid. Heureusement que nous avions une capote assez épaisse. Tu sais, un grand manteau en laine bien épais. Nous autres les Français, nous n'avions pas de bottes comme les Allemands. Nos pieds étaient souvent dans la boue, gelés. On ne mangeait pas très bien. La nuit, il ne fallait surtout pas fumer sinon tu servais de cible aux Boches !

- Eh bien ! Et la nourriture, c'était comment ?
- La tambouille était toujours un peu la même, du pain, des patates, du riz et parfois du singe.

- Du singe ? vraiment ?
- Non, ce n'était pas du singe mais on appelait les conserves de viande que l'on nous donnait comme ça. C'était vraiment pas terrible mais nous avions faim. Heureusement, nous avions du vin. Ça, c'était bien !

- J'ai entendu parler de masques à gaz.
- Oui, nous avions toujours un masque sur nous mais ce n'était pas facile de se déplacer avec ça. On ne voyait rien mais les gaz étaient dangereux.

- Du gaz moutarde ?
- A la fin de la guerre, oui, mais avant il y avait d'autres sortes de gaz. Le gaz moutarde, ça avait un peu la couleur, je crois que c'est pour ça qu'on l'appelait comme ça. C'était terriblement dangereux ce gaz. Il fallait vite le mettre avant d'être asphyxié. Je n'ai pas eu

à supporter celui-là mais les autres gaz si et surtout sur le chemin des Dames.

- Tu as connu le chemin des Dames ? On en parle partout dans les livres.

- Le chemin des Dames. J'y étais en mai 1917. Ça aurait pu être un beau mois de printemps à la ferme. Lorsque nous sommes arrivés avec la compagnie, nous avons parlé à quelques soldats. Je pensais que les autres soldats exagéraient, mais en fait, ils avaient raison, c'était l'horreur sur place. C'était une vraie boucherie depuis des mois lorsque je suis arrivé ; ça sentait vraiment très mauvais partout. Les ordres de nos chefs étaient idiots. Nivelle, c'était un con ! Heureusement que Pétain est arrivé. J'ai perdu des bons copains là-bas, de très bons copains. C'était vraiment trop dur. Enfin, j'avais pas le choix de toutes façons.

- C'est à ce moment-là que tu as été blessé au pied ?

- C'est une balle. C'était à Craonne. J'étais volontaire pour faire la liaison avec 5 autres chasseurs vers un autre poste tenu par des Américains. Tu sais, ce jour-là j'ai même croisé un de mes frères. Il redescendait de la ligne de front alors que j'y allais pour donner des messages. Nous sommes tombés dans les bras l'un de l'autre et nous avons pleuré. Il ne voulait pas que j'y aille. J'ai été blessé quelques heures après. C'était le 3 août 1918. J'ai eu beaucoup de chance. J'ai gardé mon pied.

- Mais il est rentré aussi de la guerre.

- Oui, nous avons eu beaucoup de chance. Nous sommes rentrés tous les 3. Vraiment beaucoup de chance. Je regarderai dans mes courriers car j'ai une lettre de félicitations du général Pétain, notre commandant, ajoute-il avec fierté.

- Ça te fait encore mal ?
- Oui et non, mais ça m'empêche de marcher normalement. Ça me rappelle tous les jours cette guerre. Tu sais, lorsqu'il y a du vent ou de la tempête la nuit, lorsque les volets battent et claquent, j'ai l'impression d'y être encore. Je fais des cauchemars. Je vois venir vers moi ces soldats allemands.
- Eh bien, ça devait vraiment être terrible. Tu es rentré directement chez toi après cette blessure ?
- Non. Après les soins, la convalescence a été longue. Je me suis reposé dans la vallée de Chevreuse près de Paris. Une convalescence bien forcée de plusieurs semaines dans un monastère ou un couvent transformé en hôpital. Je ne sais plus où exactement mais là, nous étions bien. Les infirmières-religieuses étaient très gentilles avec nous, avec tous ces blessés. Elles nous soignaient bien. Quelques gars avaient sacrément dérouillé. Certains avaient même perdu une partie du visage et d'autres des membres. J'avais beaucoup de chance, beaucoup de chance.
- Tu es un héros quand même ! Tes parents devaient être fiers de toi à ton retour.
- Je suis rentré à la maison en octobre 1919, ma mère pleurait. Tellement de mères attendaient leur fils.

Une larme coula sur sa joue. Quelques pensées le submergeaient. Un silence pesant s'invita dans l'échange.

- Bon, je crois qu'il est temps d'aller manger les huîtres, dit-il la voix chevrotante.
- Grand-père, tu as eu une sacrée bataille quand même !

Il posa sa main sur ma tête qu'il frictionna affectueusement.

- Oui, tu peux le dire. C'était une sacrée bataille, dit-il après un long moment de silence et un soupir de tristesse.

Il repositionna sa canne sur le dossier de sa chaise comme si c'était une amie fidèle que l'on ne veut pas voir s'éloigner.

Chapitre 4

Mardi, il est déjà 8h20, je vais bientôt partir pour l'école.

Maman est déjà à l'extérieur du magasin, dans le camion de fruits et légumes à faire son choix pour le commerce. Tous les 2 jours, ce livreur vient lui proposer sa marchandise. Chaque cagette sera regardée de très près afin de choisir les meilleurs produits. Les fruits abîmés seront rejetés sans la moindre hésitation.

Elle déguste une poire afin de vérifier sa qualité. Cela lui permet également de prendre un moment pour elle.

- François, tu as encore 5 minutes ? Monte dans le camion, tu veux goûter une poire, une pomme, une orange, une banane ?

- J'arrive !

Je n'allais quand même pas rater une occasion de monter dans ce camion.

Ce n'est pas facile d'y accéder mais heureusement qu'une petite échelle sur le côté permet de me retrouver directement sur le plateau de déchargement. Les oranges, bananes et pommes du camion parfument d'une légère odeur sucrée l'intérieur de celui-ci.

Ce très gentil et très commerçant livreur me tend une orange :

- Tiens, ça te fera de la bonne énergie pour la journée !

- Merci ! Elle a l'air bonne !

- Ah, vous voyez madame Le Divenah, déjà un client de satisfait ! s'esclaffe le livreur.

- Effectivement, elles ont l'air bien ces oranges et ces bananes ne semblent pas mal non plus. Je vais prendre une caisse d'oranges, 2 cartons de bananes et 1 caisse de poires, dit Maman.

- Et des carottes ? Elles sont de la région. Vous en voulez combien ? Mes choux-fleurs sont exceptionnels cette année et mes poireaux sont très beaux. Et ils ne sont pas chers, répond le vendeur.

Je les laisse à leurs tractations. Je saute du camion. Mon cousin Bertrand arrive comme tous les matins depuis la première classe de CP pour que l'on fasse le chemin vers l'école St Guigner. Notre école se trouve juste à côté du presbytère. Nous nous ressemblons physiquement beaucoup et on nous prend souvent pour deux frères. C'est assez drôle d'avoir un presque frère jumeau en plus de ma famille. A l'automne, je pars souvent à l'école avec des châtaignes cuites à l'eau. Je les partage bien volontiers avec les copains que je rencontre sur le chemin de l'école. Aujourd'hui, c'est donc avec une orange que je quitte la maison.

- Bertrand, tu veux de l'orange ?
- Je veux bien quelques tranches.
- Elle est super bonne !
- Je crois que nous sommes en retard.

Comme tous les mois, monsieur Daniel, le marchand de miel, vient de se stationner juste à côté de la maison. Les nonettes et bonbons au miel sont devant les grands pots de miel d'un kilo. C'est un apiculteur de la région et nous achetons à chaque fois quelques pots pour notre consommation. Le miel de printemps est celui que je préfère mais il n'est pas encore prêt. Toutefois, je me régale par avance de mon futur quatre heures avec du pain d'épices.

Roland est déjà parti avec Stéphane, le fils du boucher et Pierre, le fils du docteur. Le petit Pierre est toujours d'une humeur joyeuse et pétillante. Avec sa chevelure rousse et ses taches de rousseur, il est singulier. Roland va parfois jouer chez lui, surtout dans le grand jardin. La maison bourgeoise sert de cabinet médical alors ce n'est pas vraiment le lieu pour faire du bruit. J'y vais aussi de temps en temps pour l'accompagner. Je profite de ce moment pour admirer les très beaux chênes, sapins argentés, hêtres et charmes de la propriété, un vrai havre de paix.

Chose étrange, nous avons deux écoles dans la commune. L'école privée avec son équipe de football, les Kériolets, qui représentent en majeure partie les commerçants, les artisans, les agriculteurs. L'école publique possède également son équipe de football, l'ASP et représente un peu plus les ouvriers. Cela semble assez surprenant mais la majeure partie des communes de ma région fonctionne comme ça.

Je comprends donc assez bien l'histoire de Don Camillo et de Pépone que nous regardons parfois à la télévision pendant les vacances. La différence majeure est que notre maire est le plus grand entrepreneur de la région. Il est donc à l'opposé du maire communiste de ce film. Malgré tout, je peux bien imaginer cette relation complexe entre les deux personnages. Je crois que c'est le film qui fait le plus rire Patrice. Il est toujours très bon public des facéties de Don Camillo.

Nous n'avons toutefois aucune tension entre les écoles du public et du privé. Nous avons seulement deux villes dans la ville, deux mondes qui ne se côtoient pas vraiment.

Sur le chemin de l'école, d'autres copains se joignent à nous.

Christian, le fils du grainetier, arrive. Je vais jouer bien volontiers chez lui, dans les entrepôts sur les sacs d'engrais. Il a également un animal surprenant. Une tortue et ce n'est pas courant de voir ça. J'adore les animaux. Je suis fasciné par sa démarche lente et sa volonté d'avancer.

- Alors, comment va ta tortue ?
- Elle a encore disparu dans le jardin.
- Elle avance lentement et pourtant elle arrive à disparaître. Elle va encore trop vite pour toi alors !
- Oui, c'est très drôle. Je crois que nous allons finir par lui faire un mur ou l'attacher !

Nous repartons en rigolant et en continuant nos échanges taquins.

Après avoir fait quelques pas, d'autres copains chez qui je vais régulièrement se joignent à nous devant le puits de la place du marché.

Les fils du charcutier, du coiffeur et de la boulangerie étoffent déjà ce cortège.

Parfois, je vais chez les Tual dont les parents tiennent une boulangerie. Il m'arrive alors de revenir avec de la farine sur moi après avoir traîné près du fournil et des sacs de farine. J'adore faire des goûters chez eux et me délecter des pains au chocolat encore chauds. C'est une gourmandise qui vaut bien des trésors mais c'est surtout un petit plaisir de la vie.

Maman me dit souvent, « Pas de télévision pendant la semaine. Tu perds ton temps devant ces bêtises. Ce n'est pas ça la vie. Va prendre l'air. ». Du coup, je passe mes journées d'une maison à une autre. Je suis toujours bien reçu chez les copains ou chez les copains des copains ou chez les copains de mes frères.

C'est normal pour moi. Les parents ne sont jamais surpris de voir débarquer un enfant ou plusieurs à la maison. Ils connaissent tous les enfants de la rue et du quartier alors ça circule entre les maisons. Du coup, je prends l'air devant la télé chez les copains. L'important est de rentrer pour les repas.

- Vite, nous sommes en retard !

M. Baudet, le marchand de chaussures ouvre sa boutique en même temps que la bijouterie de M. Le Lain. La boucherie de M. Le Letty a déjà des clients mais le restaurant de M. Le Pen est encore fermé. Nous arrivons à côté de l'église. Je repense au point de vue du haut du clocher et à la beauté du panorama.

Nous passons devant le magasin d'électroménager, la charcuterie, la poissonnerie de M. Josset, le bar de la place centrale, puis devant le marchand de vêtements « le nouveau Chic » de Mme Cadoret où nous achetons toujours, avec Maman, les vêtements de toute la famille. Pratiquement toute la ville vient s'habiller là. La boutique de luminaires de Madame Hellec n'est pas encore ouverte mais le café « Au bon coin » a déjà des clients.

Les nombreux cafés ne sont pas tous ouverts. Je crois que nous avons plus de 30 cafés dans la commune et généralement, ces centres de vie sont bien animés toute l'année.

Au fur et à mesure que nous avançons, la troupe devient de plus en plus conséquente, donnant l'impression que nous allons combattre. Nous allons surtout combattre nos lacunes et améliorer nos connaissances. L'école n'est pas une partie de rigolade pour tous. Certains avancent à reculons, d'autres en chahutant pour éviter de penser à la prochaine dictée.

Le cortège reste malgré tout joyeux car nous sommes heureux de nous retrouver en chemin.

Les participes passés, les infinitifs et tables de multiplications occuperont nos esprits bien assez tôt. Nous passons devant un autre commerce d'alimentation générale, puis devant la boucherie chevaline de la commune avant de prendre la rue du presbytère qui nous mènera directement à l'école.

Notre école est entourée d'un grand mur. Une enceinte protectrice de 2,5 m de haut où seuls les enfants peuvent rentrer. Dans la cour, les enfants courent déjà dans tous les sens. Cela semble désordonné mais chaque espace est utilisé par une tranche d'âge et tout est à sa place. Les règles sont tacitement claires.

Les plus jeunes sont sous le préau, face à leurs classes. Ils jouent aux osselets comme je l'avais fait si souvent.

Un des enfants lance vers le ciel l'osselet en fer de couleur rouge. Il doit prendre un des 4 osselets gris déposés sur sol puis rattraper le rouge avant qu'il ne tombe. Cela nécessite beaucoup d'adresse et j'adore ce jeu. Chaque osselet attrapé rapportait des points et lorsque l'osselet rouge avait le malheur de tomber sur le sol, le suivant prenait la suite de la partie. J'entends les hourras d'encouragements et de félicitations qui résonnent sous le préau.

Au milieu de cette première cour, les filles ont investi la place. Les filles avaient rejoint notre école 2 ans plus tôt. J'étais en CE2. Jusqu'alors, c'était l'école des garçons. Nous venions d'abandonner les plumiers, nos buvards et nos belles taches d'encre. Cela avait changé beaucoup de choses dans l'école. Au début, nous étions dans la confusion et nous ne savions plus vraiment comment faire avec cette nouvelle population. En classe, nous étions mal à l'aise. Nous nous demandions si elles n'étaient pas trop fortes dans les différentes matières, si nous n'allions pas être ridicules avec nos lacunes et nos notes parfois bien mauvaises. Après quelque temps, les choses s'étaient mises naturellement en place. Désormais, tout se passait plutôt bien. Finalement, elles avaient autant de difficultés et de capacités que nous.

Elles ont apporté d'autres cris, parfois plus stridents, d'autres rires et de nouvelles couleurs à l'école avec les jupes colorées l'été. Elles ont également ajouté de nouveaux jeux de balles, de marelles, de cordes à sauter et d'élastiques dans cette cour. Je suis admiratif devant la rapidité de la réalisation de ces jeux. Très peu de garçons tentent de s'immiscer afin de ne pas être ridicules. Avec les copains, pour rigoler, nous avons vainement essayé de faire comme elles. Ce n'est vraiment pas simple mais ça nous permet de les chahuter un peu et de rigoler ensemble. De la même façon, elles viennent dans les matchs de football et parfois nous surprennent par certains tirs pointus vers les buts.

Plus loin, dans l'angle de la cour, le vieux frêne surveille avec bienveillance les enfants de l'école. Avec ses hautes branches, il nous protège du soleil l'été et de la pluie de l'automne. Son tronc est désormais éventré et un enfant pourrait s'y réfugier. Ses racines s'étendent lascivement sur le sol de la cour. Sur ses racines de plus d'un mètre, torturées par les années, nous avions tour à tour imaginé des parcours pour nos billes. Aujourd'hui, j'aperçois Roland avec plusieurs copains qui s'acharnent à faire passer leurs billes sur le parcours improbable des racines de cet arbre. A tour de rôle, chacun fait avancer sa bille. Il ne faut surtout pas qu'elle quitte la racine. Il faut qu'elle parcoure depuis le bas de la racine les parties noueuses jusqu'au plus haut des racines. Celui qui arrivera le premier sera déclaré le vainqueur du moment. J'entends les cris de surprise et de déception de certains joueurs.

Cet arbre qui avait vu tant et tant d'enfants à ses genoux, je lui avais dit au revoir depuis quelque temps déjà. Ce jeu n'est désormais plus de mon âge mais je les regarde avec envie. Leurs billes de toutes les couleurs, ces calots rouges, bleus, verts, en terre, en verre, en céramique et de toutes les tailles provoquent en moi encore beaucoup d'émotions.

Je fais un signe complice de la main à mon frère. Il m'adresse en retour un sourire de bonheur. Il est heureux comme je l'étais auprès de cet arbre qui je l'espère vivra 1000 ans.

Cette première partie de la cour de récréation ne nous appartient plus. Nous avons désormais la partie du terrain de football qui se trouvait de l'autre côté du bâtiment.

A peine arrivés dans notre espace, nous prenons part au match en cours, invités très naturellement dans une des deux équipes. Jean-François et Cédric que l'on surnomme Cédric le Rouge, parce qu'il devient tout rouge lorsqu'il s'énerve, sont aujourd'hui les capitaines des deux équipes de football. Ils habitent la rue du Vorlen et ce sont de très bons copains que je retrouve également au football. Jean-François est l'un des rares élèves à avoir des lunettes. Elles sont rondes comme celle de John Lennon alors on l'appelle John. En revanche, il a une chevelure courte et raide. Cédric est brun et assez grand. Sa voix a déjà commencé à muer mais pas complétement alors il produit souvent des drôles de sons qui font rire la classe. Les sacs sont jetés à l'abandon près de la salle de classe. Nous oublions encore un instant les opérations mathématiques, les règles de grammaire et d'orthographe qui nous guettent bien patiemment cachées malicieusement derrière la porte de la classe.

- François, tu viens avec moi ? me demande Cédric avec sa voix discordante.

Bertrand rejoint alors l'équipe de Jean-François. Nous sommes désormais deux adversaires.

Ce match de l'entrée à l'école ne dure jamais assez longtemps mais c'est le moment de nos retrouvailles et de nos premiers moments partagés de la journée. Le ballon traverse la cour d'un point à un autre, par les airs, à coup de tête ou à coup de pied, chacun espérant le recevoir pour effectuer un geste technique et marquer un but. Recevoir une passe est un signe de confiance et de complicité. Il est donc important de respecter ce cadeau et de faire son maximum pour rendre fier son équipe.

Ce matin Christine, Laurence et Patricia ont décidé de bousculer nos habitudes. Christine a la même taille que Michel, des cheveux blonds et des yeux bleus. C'est aussi une élève brillante et elle courre très vite durant les récréations.

Christine attrape la balle avec ses mains.

- Mais tu fais quoi ? lui demande Michel très étonné.

- Je fais ce que je veux, répond-elle alors avec malice.

- C'est du foot, redonne-la, ajoute Jean-Yves affligé par cette situation.

Elle passe la balle à Laurence qui l'attrape aussi avec ses mains. Puis la lance en sautant vers Patricia qui nous provoque :

- Allez, vous ne l'attraperez pas !
- Tu veux nous faire devenir chèvres ? demande Bernard.

J'essaye de l'attraper à mon tour.
- La balle, la balle, crient d'autres filles.
- Alors les chèvres ? Vous l'attrapez cette balle ? demande Patricia en rigolant.

Le match se transforme alors en passe à dix, avec des « tu ne m'attraperas pas » dans la confusion la plus générale provoquant des cris d'agacement, de rigolade et de satisfaction.
- Rendez-nous la balle ! s'énerve Cédric avec ses joues qui commencent à changer de couleur.

La cloche en fonte de l'école, actionnée manuellement par notre instituteur, sonne l'arrêt des jeux. Le calme revient et chaque élève se positionne silencieusement en file indienne devant la porte de la classe en attendant l'autorisation de rentrer de notre professeur.

Michel et Jean-Yves qui habitent juste à côté ont un peu plus profité de cet instant. Ils rentrent de façon inexplicable et régulièrement les derniers en classe avec le ballon.

Nous retrouvons notre place dans notre salle de CM2. Une légère poussière de craie flotte légèrement dans la classe malgré son aération régulière. Les cartes de géographie, les fresques historiques et les dessins de l'année décorent notre cadre de vie. M. le Métayer est le directeur de l'école et notre instituteur pour cette année. Il a les cheveux frisés et blancs. Avec ses lunettes légèrement en avant sur son nez, il donne l'impression de toujours regarder par-dessus pour mieux voir.

Il est déjà 15h. La dictée de ce matin a terrassé plus d'un élève et nous fatiguons en cette fin d'année. De nos notes pas toujours exceptionnelles, nous acceptons sans mauvaise excuse les lignes à copier pour le soir. Nous sommes d'ailleurs contents lorsque les parents ne doublent pas la punition ou n'ajoutent pas une autre sanction à la punition.

- Les enfants, aujourd'hui il ne reste que deux jours avant les vacances de Noël et puisqu'il ne fait pas trop froid, nous allons aller faire un peu de sport dehors.

Nous sommes surpris et heureux par cette bonne nouvelle.

- Je vous propose de faire une course de relais. Vous pouvez ranger vos affaires dans vos cartables et les descendre dans la cour. Nous allons constituer deux équipes qui seront mixtes.

- Michel, tu fais la première équipe. Christine, tu feras la deuxième. Vous allez choisir votre équipe et organiser votre relais.

Nous espérons tous ne pas être pris en dernier que ce soit dans une équipe ou dans une autre. Je trouve cette attente assez difficile et humiliante. Je suis choisi assez rapidement. Je ne suis pas le plus rapide et je me retrouve dans l'équipe de Michel.

- Les équipes se mettent en place. Chacun devra courir jusqu'au repaire que je vais indiquer à 50 mètres de la ligne de départ puis revenir pour taper dans la main du coureur suivant.

Les deux équipes ont décidé de faire partir les coureurs les moins rapides en premier. Les deux derniers coureurs seront Michel et Christine.

- Attention, prêt. Partez ! s'exclame-t-il.

Les deux premiers élèves, Cédric et Stéphane se précipitent, tournent autour du repère puis rejoignent épuisés par cette course effrénée le coureur suivant. Le professeur veille au respect des règles de la course.

Je ne suis d'ailleurs pas très surpris de constater que mon adversaire du jour est mon cousin. Je sais que je peux le battre. Jean-Yves et Jean-François s'élancent. Mon tour arrive, mon cœur bat déjà à toute vitesse alors que j'attends encore de prendre le départ. Je sens enfin une main taper la mienne et je m'élance à toute vitesse. Je vais partir avec à peine un mètre d'avance sur mon adversaire du moment.

- Allez François !
- Allez Bertrand !

Nous recevons les encouragements en cœur de l'ensemble des membres de nos équipes respectives. J'arrive épuisé à la fin de cette course de relais, satisfait d'avoir légèrement augmenté l'avance de mon équipe.

Au fur et à mesure de l'épreuve, parfois nous perdons du temps puis le reprenons. Nous sommes déjà proches de la fin de la course. Notre équipe a 3 mètres d'avance sur l'autre et Michel s'élance à son tour sous nos cris d'encouragement.

Christine, déjà prête au départ, s'élance à sa poursuite. A mi-parcours, elle ne compte plus que 2 mètres d'avance. Michel accélère encore. Malgré sa fragilité apparente et ses longues jambes très fines, Christine se rapproche encore. Elle semble prête à bondir sur sa proie.

Michel franchit la ligne juste devant Christine qui ne semble même pas déçue. Nous avons gagné la course mais Christine est la grande gagnante de cette épreuve. Elle a prouvé qu'elle est capable de courir plus vite que les garçons. Elle a le respect de tous pour cette fabuleuse course.

- Bravo, vous avez fait une belle compétition. Je vous laisse terminer cette journée tranquillement, nous annonce notre instituteur à notre plus grande surprise.

Cette journée se termine enfin mais je dois rester à l'étude pour faire mes devoirs. A la maison, je n'arrive pas assez à me concentrer et mes parents n'ont pas assez de temps pour m'aider. Ils doivent déjà s'occuper de Patrice et Roland dont les apprentissages ne sont pas simples. Nous sommes assez nombreux à rester le soir, surtout chez les garçons. Il fait déjà nuit. Il est temps de rentrer.

Bertrand est avec moi pour ce retour. Je me remémore cette folle course de relais de la journée.

- C'était une sacrée course aujourd'hui, dis-je.
- Je ne pensais pas que les filles couraient aussi vite !
- Moi non plus. Je savais que Christine courait vite et elle a presque gagné le relais.
- Oui, vous avez eu de la chance.
- Et tu as vu, nous étions pratiquement à la même vitesse.
- Oui, mais j'ai glissé au démarrage, ajoute Bertrand.

Dans cette rue, seules les rares maisons donnent de la lumière pour éclairer nos pas. Une chouette hulule au loin.

- C'est bizarre d'entendre une chouette à cette saison ?
- Tu as raison, ce n'est pas une chouette, répond Bertrand.
- Attends, je vais répondre.

J'imite alors le cri de la chouette en soufflant dans le creux de mes mains serrées et en laissant passer l'air de l'autre côté par un léger trou.

Mes hululements ont une réponse.

- Sois tu connais le langage des chouettes et elles sont sorties de la couette, soit tu es un hibou. Mais c'est peut-être Jean-Yves ou Michel. Ils sont partis juste après nous.
- Ah-ah-ah ! Quelle bonne blague !
Bertrand m'interroge alors.
- Tu vois ces lumières dans cette maison ?
- Oui, ce sont les flammes de bougies.
- Je crois que c'est une sorcière qui habite ici. Elle est habillée en noir et je crois qu'elle jette des sortilèges.
- Je crois que tu te moques de moi.
- Non, j'ai entendu des drôles de bruits l'autre soir lorsque je suis passé.
Soudainement, un bruit se fait entendre. Un chat noir apparaît dans la rue.
- Tu vois, courons !
Sans trop hésiter, j'accélère le pas sans me retourner. Nous retrouvons très rapidement les rues rassurantes et plus éclairées de la commune. Nous laissons seul ce pauvre malheureux chat qui ne voulait sans doute que quelques caresses. J'arrive enfin devant la maison, rassuré malgré tout.

Chapitre 5

Maman a déjà préparé sa vitrine de Noël ! Mes yeux pétillent devant cette devanture. De l'intérieur du magasin, elle me regarde en souriant. Elle sait déjà que ça me plaît. Les jouets sont bien mis en valeur. Les guirlandes électriques clignotent et soulignent les nouveautés de l'année.
- Je vois que cela te plaît. J'ai fait cette décoration pour toi.
- Oui, c'est très beau.
- Tu as vu que j'avais mis une crèche dans la vitrine cette année.
- Tu l'as faite avec mes animaux de ferme. C'est assez original !
- C'est vrai, ça change un peu.

La vitrine n'a rien de comparable avec les images que nous regardons à la télé montrant les vitrines des grands magasins de Paris mais moi j'étais fier de la nôtre. Plusieurs enfants se précipitent déjà pour venir voir ce que Noël pourrait leur réserver. Ils rêvent devant ces tenues de cow-boy, de princesse mais aussi devant ces dînettes, poupées et autres jouets de construction.

La ville a déjà revêtu son costume étincelant pour Noël. Les guirlandes lumineuses traversent les rues comme des lianes d'une forêt tropicale. Les chants de Noël résonnent dans les rues et la quinzaine commerciale invite les clients à aller à la rencontre des commerçants leur promettant de nombreux cadeaux. Le père Noël municipal se promène nonchalamment dans les rues, un panier en osier rempli de friandises. Certains enfants ont peur, d'autres se précipitent déjà vers lui pour le voir, lui poser des questions et affirment de manière péremptoire qu'ils ont été sages toute l'année provoquant parfois une moue dubitative des parents.

Plusieurs jours sont passés que j'ai décomptés avec impatience.

Nous sommes enfin le soir de Noël. Cette année, nous irons à la messe de minuit à Sainte-Anne-d'Auray. D'habitude, nous allons à pied à l'église de Pluvigner pour assister à la messe de minuit mais cette année, mes parents ont décidé de faire une exception.

Je demande alors :

- Pourquoi nous allons à Sainte-Anne ? C'est loin !

- Les chants de Noël sont très beaux et la hauteur de la nef apporte une sonorité vraiment particulière aux chants de Noël. Ils ont une nouvelle chorale et je crois que ce sera très beau.

- Tu sais, Sainte-Anne compte beaucoup pour les Bretons et c'est un lieu de pèlerinage important où plusieurs miracles ont eu lieu, répond Papa.

Maman n'est toujours pas à la voiture.

- Je me demande bien ce que fait votre mère encore, elle n'a toujours pas fini de se préparer. Elle va nous mettre en retard, s'agace Papa.

Mon père m'interroge pour nous faire patienter.

- Tu connais l'histoire de Nicolazic ?

- Un petit peu, je réponds hésitant car en fait, je n'ai aucun souvenir de ce personnage.

- C'est un jeune paysan breton du 17ème siècle qui a reçu la visite de Sainte-Anne. Tu sais, Anne, c'est la mère de Marie. Elle lui a indiqué après plusieurs apparitions un endroit où sa statue avait été enterrée autrefois mais je ne sais plus quand. Je crois que c'était 800 ou 900 ans auparavant.

- Et il a fait quoi ?

- Au début personne ne l'a cru et finalement lorsqu'ils ont trouvé la statue, ils ont bien été obligés de le croire.

- Et ils ont fait la basilique à ce moment-là ?

- Non, d'abord, il y a eu une chapelle puis après la révolution est passée par là. La basilique a été construite bien plus tard. Ah, la voilà enfin votre mère, nous pouvons y aller.

Arrivés à 23h30 sur le parking de la basilique, nous nous dirigeons vers l'entrée principale de cet édifice impressionnant avec sa flamboyante rosace aux vitraux multicolores.

- Elle est vraiment imposante ! dis-je.

- Tu sais que des pèlerins viennent de Pontivy à pied.

- C'est loin.

- Ma mère faisait l'ascension de la « Scala Sancta » sur les genoux lorsque Joe était malade. Tu vois c'est ce porche d'entrée, juste là. A chaque marche, elle disait une prière. Elle était désespérée.

Nous arrivons sur le parvis. Sur la gauche, un autre monument est lui aussi très imposant. Il s'agit du monument aux morts de la 1ère guerre mondiale. Des milliers de noms de jeunes Bretons morts pendant la 1ère guerre sont gravés dans le marbre sur le mur d'enceinte.

Les lumières de la basilique m'attirent. J'ai hâte de voir la crèche.

Les premiers chants résonnent et nous enveloppent sereinement de douceur. Puis suivent d'autres chants parfois en latin et en breton.

Je participe avec joie au chant que je connais.

« Sainte-Anne, ô Bonne Mère, Toi que nous implorons, Entends notre prière, Et bénis tes Bretons… ».

Je n'arrive pas à lire grand-chose lorsqu'il s'agit de chant en breton mais sur le papier de la messe, la traduction me permet de comprendre la ferveur de l'assemblée qui chante à l'unisson.

« Kanamp Noël, Noël, Noël, (Chantons Noël, Noël, Noël)

Ganet é Jézus Hor Salvér, kanamp Noél. (Jésus notre Sauveur est né, chantons Noël.)

hetu-ni arriù, mem breudér, de ganein kanenn hor Salvér, kanamp Noél ! (Nous voici venus, mes frères, pour chanter le cantique de notre Sauveur.) … »

Ces chants sont séparés de quelques prières pour lesquelles nous terminons souvent par « Sainte-Anne, priez pour nous ! ».

La messe se termine enfin. Nous nous précipitons avec Roland et Patrice pour découvrir la crèche. Les personnages sont de hauteur réelle. Entre le bœuf et l'âne, nous avons désormais Jésus. Patrice reste admiratif et Roland veut mettre des pièces dans le tronc du personnage qui remue la tête en remerciement aux offrandes.

Il est l'heure de repartir, mon père me montre une dernière chose.

- Regarde cette chapelle qui est sur la gauche, tu peux voir Nicolazic en paysan et Kériolet en moine. Ils sont à genoux sur la toile de peinture, juste là. Tu vois ? Ils reçoivent la bénédiction de Sainte Anne.

- Kériolet, c'était un saint ?

- En fait au début, c'était plutôt un brigand et il faisait n'importe quoi avec la fortune que lui avait laissée son père. Il avait une vie de patachon pour ne pas dire plus car nous sommes dans une église. Il venait même se moquer des prêtres, des pèlerins de Sainte-Anne en faisant l'idiot et des grimaces.

- Que s'est-il passé ?
- Un jour, il s'est converti et il a tout donné aux pauvres, aux mendiants. Ensuite, il a créé le couvent des sœurs Augustines à Auray.
- C'est juste avant la gare.
- Oui, ç'est ça. Il habitait dans le centre d'Auray à côté de la place du marché.
- Pourquoi il s'est converti ?
- Je ne m'en souviens pas trop. C'est arrivé comme ça, tout d'un coup. À force de dire du mal peut-être. On dit aussi qu'il a assisté à un exorcisme et qu'il a eu une révélation.
- Tout d'un coup ?
- Tu sais, il allait souvent vers Pluvigner se repentir. Il allait à la chapelle de la Miséricorde. Il parait qu'il y faisait même de l'exorcisme. C'est là où nous sommes allés chercher des châtaignes à l'automne.
- De l'exorcisme ?
- Oui, ce sont des prières pour les gens qui sont possédés par le diable.
- Le diable ?
- Bon, tu sais, moi je ne crois pas vraiment à tous ces trucs, diables ou exorcistes. Ça me semble un peu des histoires à dormir debout.
- Oui mais quand même, ça fait peur !
- Je crois qu'il ne faut pas trop s'inquiéter pour ça.

Il est déjà une heure du matin. Etonnamment, nous n'avons pas faim. A 19h, Maman nous avait préparé et servi dans nos bols à oreillette de Quimper un bon chocolat chaud. Nous avions englouti quelques bonnes tartines de pain avec du beurre demi-sel.

Après un moment de calme à lire, nous avions vérifié avec Roland, une dernière fois que la salle à manger n'avait pas reçu la visite du père Noël par avance. Je savais très bien ce qu'il se passait avec les parents mais je ne voulais pas gâcher la surprise de Roland.

Nous retournons vers la voiture dans le silence et le froid de la nuit. Dans 10 minutes, nous serons à la maison. Roland traîne des pieds, il est fatigué. Je m'impatiente à le voir traîner comme ça.

- Roland, si tu continues comme ça, tu seras le dernier et alors attention aux korrigans ! Ils sortent souvent à cette heure-là. Ils vont t'attraper et te manger !

Il se précipite alors pour récupérer la main de Maman avec beaucoup d'inquiétude.

- François, c'est pas malin de faire peur à ton frère comme ça, s'exaspère Maman.

Je rigole intérieurement de ma bonne blague.

Nous arrivons enfin devant la salle du séjour, la porte est verrouillée. Roland est certain que le Père Noël n'avait qu'une seule option pour passer et c'est par la cheminée.

Nous ouvrons la porte et comme tous les ans, le miracle de Noël se produit. Les cadeaux sont présents. Nos yeux s'éparpillent à découvrir tous ces paquets si habilement enveloppés.

Maryannick démarre un disque sur les chants de Noël. Nous entendons « Petit Papa Noël » de Tino Rossi avec sa voix tendre et bienveillante. Jean-Paul allume les guirlandes électriques tandis que René-Yves éteint la lumière principale du salon. Le chat a profité de cet instant pour se glisser au milieu des paquets. La guirlande multicolore clignote doucement en éclairant la crèche qui se trouve au pied du sapin.

Nous regardons le spectacle quelques instants avant de nous précipiter vers nos cadeaux. Ils sont regroupés autour de nos chaussons respectifs que nous avions laissés devant le sapin avant de partir pour la cérémonie de Noël.

Patrice est à mes côtés. Il est très content d'avoir un nouveau disque de Michel Sardou, un puzzle de 500 pièces et une machine à écrire. Il a aussi de la peinture et des crayons de couleur. Roland déchire méthodiquement tous ses papiers cadeaux, dérangeant ainsi le chat qui pensait avoir trouvé la cachette idéale. Il s'émerveille en poussant des cris devant la découverte d'un déguisement d'Indien, de bandes dessinées et d'un circuit de voitures.

J'ai reçu pour ma part un skateboard et plusieurs livres dont un livre sur le voyage d'un garçon sur le dos d'oies sauvages. Ce garçon s'appelle Nils. J'ai vraiment envie de faire ce voyage avec lui.

Je découvre également un squelette avec toutes les pièces du corps humain à replacer. Je trouve ça assez drôle.

Jean-Paul, Maryannick et René-Yves nous regardent avec tendresse et humour. Ils ouvrent enfin leurs cadeaux en même temps que les parents, découvrant des livres, des albums et des vêtements colorés.

Après nous avoir laissés quelques instants avec nos cadeaux, Maman nous donne une boîte de chocolats Lindt qu'elle vend au magasin et une orange.

- Cette orange, tu sais, c'est le symbole de Noël pour moi, me dit-elle.
- Pourquoi ?

- Parce que c'est un fruit de fête qui ne vient pas de la région et que pour la Noël c'était souvent le seul cadeau. Ça marquait ce moment festif.

Je regarde cette orange avec respect. Je ne sais quoi dire devant l'opulence de ce soir, je suis un peu honteux.

- Merci pour tout, dis-je alors benoîtement.

J'embrasse alors mes parents tendrement pour les remercier pour tous ces cadeaux. Ils ont pensé à moi, à me faire plaisir. Je suis tellement content de cette soirée.

Il se fait déjà tard, nous sommes fatigués. Nous mangeons quelques charcuteries déposées sur le plateau nouvellement reçu avant d'aller au lit. La bûche de Noël faite par Maryannick attendra le prochain repas. Nous sommes déjà impatients de profiter de la journée de demain et de tous ces nouveaux objets. Je me demande qui sera le premier debout.

Allongé dans mon lit, le sourire aux lèvres, je pense à cette merveilleuse journée. Mon cœur est léger et je suis juste heureux. Doucement, je m'endors. Mon esprit s'échappe pour rejoindre la contrée merveilleuse des rêves de Noël.

Chapitre 6

Nous sommes déjà en avril, l'hiver est passé bien vite. Pour Maman, je n'ai rien fait de particulier. Assis devant la télévision, la plupart du temps à regarder le programme du moment, cela la désespère. Elle pense que nous perdons notre temps l'après-midi devant cet écran. Parfois, nous regardons l'Ile aux enfants pour faire plaisir à Roland, la Piste aux étoiles, la Planète des singes, Flipper le dauphin ou l'Homme qui valait 3 milliards.

Je regarde les compétitions de ski le midi ou des Chiffres et des lettres en fin de journée que Patrice adore. Nous avons assisté également au spectacle de l'Eurovision. Patrice est déçu de voir la France arriver 2ème. Il désespère de la voir gagner. Heureusement, une nouvelle émission sur la mer, Thalassa, vient d'apparaître et il attend déjà avec impatience la prochaine diffusion. De mon point de vue, cette émission sur les poissons va certainement disparaître très vite et j'espère qu'il ne sera pas trop triste alors. Pour ma part, je préfère regarder l'émission du commandant Cousteau, découvrir les fonds marins et suivre ses aventures. J'ai l'impression d'être dans le Nautilus avec le capitaine Némo.

Malgré les remarques de Maman, il me semble avoir pleinement profité de cette période. J'ai enrichi mon album de timbres et déjà collé quelques vignettes dans mon album de football. J'ai réalisé une maquette et effectué quelques mémorables batailles avec mes soldats. J'ai aussi lu plusieurs livres de science-fiction et quelques bandes dessinées allongé sur mon lit. La neige a été généreuse encore cette année et Papa nous a fait faire une belle marche dans la forêt en recherchant des traces d'animaux. Avec Roland, cette recherche s'est terminée en une belle bataille de boules de neige. Je crois que je ferai une luge pour l'année prochaine.

Mais aujourd'hui, c'est une journée importante car c'est ma communion solennelle.

Tous les jeunes de l'école participeront à cette cérémonie religieuse. Beaucoup d'entre nous suivent les directives des parents. Ce n'est pas vraiment un choix, mais c'est comme un rite initiatique pour une génération. Dans quelque temps, nous serons éparpillés dans différentes écoles de la région pour effectuer nos années de collège et lycée.

Le rendez-vous est à 10h00. Nous devons nous retrouver à côté des ruines de l'ancienne église, Notre-Dame des Orties.

J'arrive à l'heure accompagné par Maman. Ce matin, elle est allée chez la coiffeuse pour avoir un dernier ajustement. Hier, elle a passé plusieurs heures avec des bigoudis sur la tête puis un temps incroyable sous un sèche-cheveux. Cet appareil est bien étrange mais il ne risque pas de servir à Papa qui n'a presque plus de cheveux.

Tous les enfants arrivent pratiquement en même temps. Les mères sont toutes apprêtées et ont pratiquement toutes le même type de coiffure. Chaque famille va recevoir du monde à la maison ou au restaurant pour marquer cet événement. C'est aussi l'occasion pour elles de se retrouver, de montrer leurs beaux enfants et d'être fières d'eux.

Nous portons tous une aube blanche qui nous couvre de la tête aux pieds. Nous ne portons toutefois pas la capuche mais ce serait drôle. Les filles doivent porter un voile qui sera posée sur la tête pour recouvrir la partie arrière des cheveux. Autour de la taille, nous avons un cordon blanc dont le nœud doit être positionné à gauche et nous portons en pendentif une croix en bois de dix centimètres. Le cortège n'est pas organisé mais déjà les cloches de l'église sonnent l'heure de la cérémonie. Le prêtre reste calme malgré tout. Il connaît son affaire et n'est pas encore stressé par le bourdonnement de la troupe qui cherche encore à se placer. Nous avons tous récupéré le cierge que nous devons porter. Il est grand. Il mesure au moins 1 mètre de longueur pour un diamètre de 5 centimètres. Nous ne devons le porter que de la main droite. Nous l'allumerons plus tard durant la cérémonie.

- Les plus petits doivent être devant et les grands à l'arrière, rappelle inlassablement le curé.

Malgré la répétition générale de la semaine, certains cherchent encore leur place.

- Formez bien vos files en gardant 50 centimètres devant vous, ajoute-il avec fermeté.

Nous formons alors nos 2 files. La file à droite pour les garçons et la file de gauche pour les filles.

Nous sommes plus de 50 à former ce cortège. Denis est juste devant moi.

- Ça va Denis ?

- J'espère que nous ne resterons pas trop longtemps comme ça !

- Je trouve ce cierge un peu lourd.

Les parents s'éloignent de nous, nous allons pouvoir avancer. Le spectacle est déjà dans la rue principale. Cette partie de la rue où circulent habituellement les camions est fermée pour ce cortège qui se dirige doucement vers l'entrée principale de l'église.

Nous avançons religieusement vers les premières marches de l'église et j'espère que je ne vais pas me prendre les pieds dans cette aube.

Nous avançons dans l'église que je connais bien. Cette fois-ci, elle est encore plus remplie que d'habitude. Le balcon qui ne sert que très rarement a été ouvert pour permettre à tous d'assister à la cérémonie.

Lors de la cérémonie et l'appel de notre prénom, nous devons nous présenter devant l'autel pour renouveler notre engagement pris par nos parents lors de notre baptême.

L'un après l'autre nous répondons à cet appel. Alors que Jean-Yves s'avance à son tour vers l'autel, il rate la première marche. Son pied se pose malencontreusement sur son aube trop longue mais il se rattrape de justesse après une surprenante contorsion. Cette situation provoque un sourire et quelques rires bienveillants dans l'assemblée, contrairement à ses camarades qui ne ratent pas une occasion de rigoler.

Déjà, la cérémonie se termine. Mademoiselle Lydia, qui s'occupe de la chorale dans la paroisse, nous invite d'un ton impératif à entonner le chant de clôture. Ce chant joyeux porté par les communiants provoque l'enthousiasme de l'assistance et son accompagnement. Les parents sont ravis de la fin de cette belle célébration et nous attendent hors de l'édifice.

Je suis impatient comme tous les autres de retrouver nos familles à l'extérieur.

Devant le monument aux morts de la seconde guerre mondiale et de la guerre d'Algérie, je retrouve facilement mes parents.

Mon cousin Bertrand est là mais nous ne serons pas ensemble ce midi. Maryannick a toutefois le temps de prendre une photo souvenir avec son nouvel appareil Kodak acheté chez le photographe de la place centrale. Il faudra attendre que la pellicule de 24 soit terminée pour faire le tirage. J'espère que nous aurons les développements avant l'été.

Mes cousins de Betton, la famille Bordeau comme dit souvent Papa, sont venus pour la journée.

Ils sont tous là pour cette fête.

- Hey François, m'interpelle Philippe.

Nous avons le même âge et toujours du plaisir à faire les 400 coups lorsque nous nous retrouvons. Je regrette de ne pas le voir plus souvent car il habite vraiment très loin. Juste à côté de Rennes.

- Vous êtes venus, c'est une belle surprise ! Ça me fait vraiment plaisir.

A côté de lui, sa sœur Élisabeth que nous appelons « Babeth » et son jeune frère Vincent discutent avec Roland. Vincent a une chemise à carreaux comme Philippe et Roland une chemise à fleurs comme Patrice. Ma cousine Françoise est également là avec Maryannick. Elles échangent déjà avec énergie et passion entre deux rigolades. Elles ont le même âge et cette fois-ci la même coiffure frisée jusqu'aux épaules. Papa estime que leurs jupes à carreaux sont un peu courtes pour une journée comme celle-là. Il fronce ses sourcils ténébreux en silence. Les hommes sont tous en costume avec une chemise blanche et une cravate en soie de couleur sobre.

Maman est à côté de Michèle, sa sœur. C'est assez facile de l'identifier car elles se ressemblent tellement toutes les deux. Elles ont de très belles robes neuves et semblent perchées avec leurs chaussures à talons de 6 centimètres. Je me demande comment elles font pour ne pas tomber et pour avancer d'un pas aussi certain mais elles ont fière allure. Papa avec son 1,70 m a désormais une femme de la même taille que lui. Elles se complimentent puis parlent du voyage pour venir à Pluvigner, des enfants qui grandissent. Elles s'entendent très bien et sont toujours ravies de se retrouver pour passer des moments ensemble. Depuis un an, un nouvel appareil est arrivé dans la maison. Il s'agit d'un téléphone à cadran gris que nous avons installé entre le magasin et la cuisine. Il n'est plus utile d'aller à la poste pour passer des appels. Depuis cette arrivée, elles se contactent toutes les semaines. Elles se racontent leurs joies, leurs peines et leurs difficultés respectives. Ce téléphone remplace les longues lettres qu'elles échangeaient jusqu'alors. Elles s'aident comme elles le peuvent compte tenu de cet éloignement géographique.

Maman trouve ça vraiment très pratique mais cela agace Papa qui trouve que ce sont des dépenses inutiles et que le temps passé à parler est toujours trop long.

Jean, le mari de Michèle, discute avec Patrice. Il est passionné de vélo et lui demande s'il est content de son nouveau vélo ?

La famille de Maman est grande. Elle et sa sœur sont issues d'un second mariage. Les autres oncles et tantes sont déjà plus âgés. Nous les voyons parfois lorsque nous nous rendons à Betton. Seuls, Jules et Marie Bazin ont fait le déplacement. Ils sont grainetiers et tiennent également un café à La Mézière. Ils s'entendent vraiment bien avec mes parents et Jules a toujours une blague à raconter à mon père qui adore rigoler avec lui.

Ils sont d'humeur égale et joyeuse à chaque fois que nous passons un moment avec eux.

- Ça te change de la dernière fois cette aube ? me dit Philippe en me faisant un clin d'œil.

- Oui mais je ne vois pas trop pourquoi tu dis ça ?

Je souriais bien évidemment en repensant à notre dernière bêtise à Betton. Cette fois-ci, j'avais eu la bonne idée, ou plutôt la mauvaise idée d'aller jeter des cailloux sur les vitres d'un bâtiment qui me semblait désaffecté. C'était un jeu d'adresse dont je n'avais pas vraiment mesuré les impacts. J'ignorais alors que ce bâtiment était une dépendance du restaurant de notre cousin Louazel. Nous nous étions fait prendre par les parents et avions eu un sacré savon ! Notre réputation dans la famille allait être bien entachée pour quelques années.

Philippe m'impressionne par son tempérament car il est toujours sûr de lui. Pour moi, c'est beaucoup moins facile car je suis quand même très timide, surtout avec les adultes.

Ma marraine, Gisèle Le Huger sort alors de l'église. Elle est présente avec toute sa famille.

C'est la cousine de Maman. Je crois que ma marraine est la personne la plus gentille et la plus attentionnée que je connaisse. Elle ne m'oublie jamais au début d'année pour m'adresser par la poste, en plus des beaux timbres qui se trouvent sur le paquet, une énorme boîte de chocolat et une boîte de pâtes de fruits.

Elle est venue de Betton également avec Jean, son mari. Il est grand, costaud et impose par sa présence mais il est également tout aussi attentif aux autres. Ils ont une exploitation agricole qui est sans doute l'une des plus importantes de la région rennaise et ils passent beaucoup de temps à travailler.

- C'était une belle cérémonie ! dit-elle.
- Oui mais c'était un peu long quand même.
- Tu as grandi depuis la dernière fois, tu es presque un homme désormais.

Je me sens encore bien jeune alors j'ai du mal à comprendre la comparaison. Il faut dire que Gisèle n'est pas très grande. C'est peut-être pour cette raison qu'elle pense ça.

- Tu viendras nous voir cet été si tu veux, me propose Gisèle.
- Ce serait vraiment bien !
- Tu pourras rester le temps que tu veux et si tu es d'accord, je vais en parler à Maman.
- J'espère qu'elle sera d'accord !
- Je n'en doute pas, tu sais.

Ils sont venus avec leurs enfants et avec Tonton Isidore. C'est le père de Gisèle. Il habite une partie indépendante de la ferme mais ne s'occupe plus de la ferme. Il gère le petit poulailler et le potager. Aujourd'hui, il s'est habillé en costume 3 pièces sombre, il porte une cravate sobre et un borsalino qui lui va très bien. Il est heureux d'être parmi nous et écoute les conversations.

Maryannick tente de faire une nouvelle photo avant de quitter la place de l'église alors que Jean-Paul, mon parrain et frère, essaye de rassembler tout le monde.

Les retrouvailles sont l'occasion de faire de nombreuses embrassades, de s'inquiéter de chacun et d'évoquer quelques souvenirs avant d'aller manger.

Grand-père arrive pour me remettre un cadeau. Il est également en costume avec son chapeau sur la tête et sa canne habituelle. Il ne sera pas avec nous ce midi mais il a pensé à moi. J'ouvre le paquet avec impatience. Il s'agit d'une très belle montre à aiguilles bleues avec un bracelet en cuir marron que je me dépêche d'accrocher à mon poignet. Je suis très fier et je le remercie très chaleureusement avant qu'il ne parte satisfait.

Je demande à Maman.

- Nous allons manger où ?

- Nous sommes trop nombreux pour faire un repas de famille à la maison. Nous allons au restaurant ce midi.

Je me demande bien à quoi sert notre séjour puisque nous ne l'avons pas utilisé depuis Noël et que c'est l'une des rares occasions de l'utiliser.

Nous allons donc au restaurant de la Croix Blanche à Pluvigner que Maman affectionne particulièrement même si nous n'y sommes allés qu'une seule fois en 5 ans. Elle trouve ça chic et quitte à avoir du monde, elle préfère autant en profiter.

Le restaurant a assez de salles pour recevoir plusieurs groupes. Nous occuperons donc une salle pour profiter pleinement de cet instant.

Je reçois déjà des cadeaux. Mes parents m'offrent une gourmette en argent avec mon prénom gravé. Gisèle m'offre un portefeuille en cuir. Michèle, qui est très croyante, m'offre une icône qui représente Marie avec Jésus dans ses bras.

- Cette icône vient de la basilique de Lisieux, me dit-elle avec fierté.

Jean-Paul m'offre un appareil photo Kodak automatique. Je ne sais pas pourquoi c'est automatique mais je suis impatient de pouvoir faire ma première photo. Je suis un peu le roi de la journée et ces cadeaux me comblent de joie.

Après une première entrée de fruits de mer à base de langoustines, huîtres et crevettes, arrive une seconde entrée avec une bouchée à la reine. Je n'ai déjà plus faim lorsque le plat de résistance arrive après un trou normand proposé aux plus grands. La pintade farcie d'abats et de raisins secs est servie avec des frites. Un flan de courgettes les accompagne mais je le laisse de côté. Les discussions vont bon train et je profite de ce moment pour raconter mes histoires d'école à mes cousins. Je mets également le plateau de fromages de côté car j'attends avec impatience le dessert et à priori, je ne suis pas le seul.

- C'est quoi le dessert ? demande Roland.

- Je ne sais pas mais même si je n'ai plus faim, je ne vais pas laisser ma part. C'est peut-être une farandole de desserts, dis-je avec espoir.

La porte battante de la cuisine du restaurant s'ouvre soudainement. Une pièce montée apparaît surmontée d'une petite statue d'un communiant et d'une belle bougie scintillante. C'est la première fois que je vois une pièce montée avec tous ces choux à la crème et ce caramel. C'est énorme et incroyable comme surprise. Tous les enfants se rapprochent autour de ce surprenant dessert. Nous applaudissons cet exploit, les yeux pétillants de gourmandise.

Chapitre 7

Le mois d'avril vient de commencer. Aujourd'hui, je participe à mon premier camp scout de l'année. Nous devons profiter de ce week-end pour préparer notre séjour prévu à la fin des vacances d'avril.

Nous avons marché par petits groupes de 6 depuis Pluvigner avec notre matériel, sacs à dos, tentes, casseroles, pelles, scies et haches. Les plus forts portaient les choses les plus lourdes. Les conserves, le pain, les paquets de pâtes et les grosses boîtes de compotes de pommes étaient répartis dans les sacs. Les animateurs nous attendaient sur place avec le complément en produits frais. Cela nous avait pris une bonne partie de l'après-midi pour rejoindre l'île de Niheu sur la rivière d'Etel.

Il est 16h lorsque nous arrivons enfin sur les rives de la mer.

La marée est basse. Nous enlevons nos pataugas pour traverser avec tout notre bazar le chenal entre le rivage et notre destination.

Après quelques mètres de sable, nos pieds s'enfoncent doucement dans la vase grise et soyeuse qui s'infiltre entre les orteils. Cette vase fraîche apaise nos pieds fatigués par nos 20 kilomètres et 6 heures de marche.

Jean-Claude, notre jeune animateur, a obtenu l'autorisation du propriétaire pour notre campement du week-end mais nous devons respecter les consignes et laisser le camp propre à notre départ.

Cette île est petite alors nous trouvons rapidement un lieu pour déposer notre matériel, monter les tentes avant d'organiser le campement.

Après une courte pause, nous partons découvrir cette île qui semble déserte, qui est si tranquille.

Les salicornes, les fleurs de chatons bordent la mer précédant les chardons violets, les genêts d'or, ajoncs et bruyères en fleurs. Les plages de sable et de coquillages broyés par le temps entourent toute l'île.

Quelques mouettes nous regardent, étonnées sans doute par notre présence. A la pointe de cette île, nous découvrons une maison inhabitée mais nous n'avons pas l'autorisation d'aller tourner autour. Nous ramassons alors quelques morceaux de bois qui traînent sur la plage. Nous pêchons également quelques rigadeaux lors de cette promenade autour de l'île. C'est assez facile de les sentir avec nos pieds dans la vase.

Notre cueillette est bien maigrichonne par rapport à ce que nous trouvons avec ma famille lors des marées d'équinoxe.

La fin de journée arrive et malgré le ciel clair, la fraîcheur est tombée sur le camp. Nous avons allumé notre feu et fait cuire notre repas en ajoutant nos quelques coquillages au menu. Comme d'habitude, nous avons fait quelques jeux et sketches devant notre feu de camp avant d'entonner nos chants préférés.

Le lendemain matin, je suis surpris de me réveiller les pieds dehors. Je me demande ce qu'il s'est passé mais je n'ai pas vraiment te temps d'y penser car il faut déjà préparer le petit déjeuner. Il est 9 heures, le prêtre de Saint-Cado est venu nous chercher en barque à moteur pour aller à la messe du dimanche dans sa petite chapelle. J'embarque avec Denis sur la première navette de 6.

L'eau est très calme. L'air est encore frais. Les couleurs de la mer et du ciel sont presque du même gris bleu laiteux. La sérénité de la baie donne l'impression que le temps s'est arrêté et que le silence ne doit pas être interrompu. Les rochers gris foncé recouverts de lichen gris clair et jaune nous attendent sur la berge opposée. Même le bruit du moteur ne perturbe pas la tranquillité du moment que nous n'osons troubler par d'inutiles paroles. Nous nous sentons comme des intrus dans un territoire qui ne souhaite pas être découvert. Quelques paquets de goémons dérivent lascivement tandis qu'un goéland argenté plane majestueusement en cherchant un lieu où se poser. On dirait qu'il se regarde dans ce miroir argenté que lui offre la mer en se demandant si le miroir de l'eau mérite son reflet. Nous nous rapprochons de la rive. Quelques barques à la coque bleu marine flottent tranquillement accrochées à leur anneau. Une barque n'a toutefois pas résisté au temps et aux marées. Elle est désormais et définitivement submergée par l'eau. Son bois est meurtri et sa peinture bleue est très écaillée. Seule, une infime partie de cette embarcation semble vouloir rester à l'air libre, comme si elle s'accrochait à la vie, comme si elle voulait encore respirer, encore exister. Nous accostons sur un petit ponton en bois près d'une fontaine en granit entourée d'un mur. Le petit muret qui devrait protéger le bassin des marées a mal vieilli et ne le protège plus des agressions de l'eau salée. Cette fontaine ressemble à une petite église. Elle est surmontée d'une très jolie croix celtique gravée directement dans le granit. Les 2 escaliers qui l'entourent permettent d'accéder à l'église. Je découvre ce merveilleux site, ce joli petit village esseulé et silencieux. Sur la petite place principale, il y a un calvaire. La croix centrale est accessible par 3 imposants escaliers en granit. Elle est entourée de 4 colonnes avec de drôles de petites têtes. Tous les monuments sont d'ailleurs en granit. Cependant, les maisons sont peintes en blanc, avec des volets bleu ciel. Le point de vue sur la baie est splendide. Denis me rejoint pour regarder ce paysage.

L'accès à cette île est plus simple que je pensais car un pont en pierre permet de rejoindre l'autre rive.

Nous décidons d'aller le voir de plus près pendant que les navettes se poursuivent pour récupérer le reste de la troupe. Arrivé sur le pont en granit, j'aperçois une maisonnette avec des volets bleu ciel sur une petite île. Elle est isolée de tout. Pas un seul arbre, pas un seul buisson ne la protège de notre curiosité.

- Regarde Denis, tu as vu cette maison aux volets bleus toute seule sur cette île ?

- Elle n'est pas bien grande et je me demande qui a bien eu l'idée de s'installer là. Tu ne peux même pas faire un potager.

- Il doit être tranquille mais pour faire ses courses, il doit toujours sortir sa barque. Tu n'as pas intérêt d'oublier ta baguette !

- Je suppose que c'est un pêcheur qui a envie d'être tranquille, dit Denis d'un air songeur.

- Oui probablement et il doit sans doute s'appeler Bernard.

- Bernard ? pourquoi ?

- Ben parce Bernard l'Hermite !

Nous nous esclaffons de cette belle trouvaille.

- Bernard l'Hermite, quelle belle blague ! répond Denis.

Nous rigolons sans retenue de notre trouvaille qui n'allait pas nous quitter de toute la cérémonie malgré le ton solennel du curé.

Nous retournons à notre camp assez rapidement après la cérémonie car la marée commence à descendre. Lorsque la marée est basse, la traversée en bateau n'est absolument pas possible et à pied, elle serait bien délicate. La journée se passe tranquillement. Ce paisible week-end nous aura permis de vérifier notre matériel et de réveiller nos réflexes.

L'après-midi, plusieurs parents sont venus nous chercher pour nous permettre de rentrer plus rapidement afin de passer un moment à la maison et de finir nos devoirs. Nous avons eu de la chance, la marée commençait à monter et nous avions presque perdu le chemin du retour.

Bien sûr, Éric a voulu faire son malin, il est parti en retard puis a voulu prendre un raccourci pour rattraper la troupe. Il s'est alors retrouvé avec de l'eau jusqu'à la taille et pour finir son parcours, il a glissé dans la vase en arrivant sur la plage. Nous étions pliés de rire. Malgré tout, il redressait la tête de manière hautaine, avec fierté mais un œil noir menaçait les moqueurs. Il avait dû se changer complètement avant de pouvoir rentrer dans une voiture. Sans rancune ni amertume, il avait déclaré en souriant que cette balade valait bien un bon bain et que la mer était très chaude pour la saison.

La pluie était arrivée sous forme de crachin juste avant de se transformer en pluie torrentielle qui ne laisse généralement pas le moindre centimètre carré au sec.

*

Les vacances d'avril viennent de commencer. Elles sont tardives cette année car nous sommes déjà à la fin du mois.

Elles seront certainement plus enrichissantes que les vacances de février.

Avec les scouts, nous partons vers le Morvan. Mon nouveau sac sur le dos, mes pataugas aux pieds, ma gourde métallique bleue accrochée à ma ceinture, le couteau en poche et mon chapeau sur la tête, je suis prêt pour ce voyage. Je ne connais pas du tout cette région. Nous ne voyageons pas beaucoup avec mes parents. Le commerce a quelques contraintes et ferme rarement.

Ce sera notre 1er camp scout de l'année à l'extérieur du département. Nous ne resterons que quelques jours.

Tous les copains sont là, le bus de mon oncle sera notre moyen de transport. Grand-père avait créé cette compagnie de transport en plus du commerce et du tabac. Désormais, mes parents géraient le commerce, mon oncle avait la compagnie de bus. Papa n'avait pas voulu de cette activité chronophage. Il préférait avoir plus de temps pour lui et moins de contraintes. Être sur les routes toute l'année était une perspective de vie qui ne l'enchantait guère.

Bertrand était là, à côté du chauffeur qu'il connaissait bien. Sur le pare-brise, des autocollants sont nombreux à côté des vignettes qui restent d'une année sur l'autre, masquant ainsi une partie de la vue. Ces autocollants prouvent que ce bus a visité plusieurs régions de France. Je vois un autocollant de Monaco, un autre de Rocamadour, puis un autre d'Annecy, de Lourdes. Je n'arrive pas à tous les identifier mais mes timbres me permettent de reconnaître certains sites et de situer certaines de ces régions.

Assis à sa place sur son siège à ressort surélevé, le chauffeur du bus termine de fumer sa cigarette blonde en attendant que tous les enfants soient montés à bord et assis. Jean-Yves est sur la même banquette qu'Éric. Michel est à côté de Stéphane et Denis est à côté de moi.

Il est 9h, nous partons enfin. Le car avance rapidement sur les routes nationales. L'ambiance est joyeuse dans le bus où les chants se succèdent. L'animation est faite par nos aînés, nos frères ou nos sœurs qui nous accompagnent que ce soit dans les sorties dominicales ou dans les activités du samedi après-midi après le football.

La route défilait lentement et je repensais à notre dernier week-end scout en espérant passer d'aussi bons moments. Je me souvenais de cette odeur du goémon, de cette odeur de la mer au petit matin, du léger goût du sel sur ma peau. Je repensais à ce trajet en bateau vers cette chapelle et du silence de cette baie. J'adore la mer au petit matin, je m'y sens bien. Cette fois-ci, le décor sera très différent.

Les kilomètres défilent et tandis que je rêvasse, Denis me propose de jouer aux cartes pour passer le temps.

- On fait une bataille ? me propose-t-il.
- Oui, pourquoi pas ?
- Nous sommes encore loin, nous venons seulement de passer Tours.
- Je ne sais pas où nous allons !
- Dans le parc du Morvan.
- Le Morvan ? Ben, ça ne me dit pas grand-chose.

Après plusieurs heures de route, nous arrivons enfin.

Nous sommes perdus dans la campagne, juste à côté d'un lac mais pas trop loin de Château Chinon si j'ai bien compris les explications de Denis.

Nous commençons comme d'habitude à préparer le camp, montage des tentes, sélection d'un coin pour les toilettes, mise en place d'une douche d'eau froide, installation de la tente principale pour les repas en cas de pluie. Cette tente est assez grande pour accueillir les 35 personnes que nous sommes.

Nous commençons par sortir les tentes des sacs et trouver la bonne orientation vers le sud. Je prends un maillet pendant que Denis déploie la tente de sol, j'enfonce les 1ères sardines.

La première toile fixée au sol, nous ajoutons la faîtière puis la toile de couverture avant d'attacher les cordelettes. Stéphane et Jean-Yves commencent déjà à construire une table ainsi qu'un banc pour que l'on prenne nos repas. Les sacs à dos sont déjà dans la tente prévue pour quatre et nous rejoignons nos deux camarades pour finaliser les travaux. Denis attrape une scie alors que je prends une hache pour aller couper quelques branches. Cela nous permettra de consolider notre construction. Nous avons l'habitude d'utiliser ces outils désormais et les blessures sont très rares.

Demain, nous irons faire nos premières marches dans la région. Les lacs sont nombreux et les collines très verdoyantes.

La première nuit se passe plutôt bien. J'ai eu le sommeil agité comme souvent et mes compagnons ne m'ont pas fait de reproches. Toutefois, je ne sais par quel mystère, je me suis retrouvé à une autre place que celle que j'avais initialement.

Au petit matin, la brume est bien présente sur le lac que nous ne voyons plus. Il fait frais et les jambes à l'air, les pataugas déjà au pied, nous prenons devant notre tente notre premier petit déjeuner. Les premières tartines ne résisteront pas longtemps à notre appétit.

- Rassemblement devant la tente principale dans 15 minutes, annonce Jean-Claude, notre principal animateur, en passant devant les groupes.

Nous sommes ponctuels et présents devant la grande tente pour écouter le programme de la journée.

- J'espère que vous avez bien dormi et que vous êtes en forme.
- Ouuuuuiiiii, répond l'assistance.
- Aujourd'hui, vous allez partir pour une très grande randonnée. Cette randonnée va durer 3 jours.

Nous sommes surpris par cette information car nous nous sommes donnés du mal pour avoir du confort autour de notre tente. L'idée de tout démonter ne nous enchante pas vraiment.

- Vous devrez dormir en dehors du camp.
- Et le matériel ? demande Denis.
- Les tentes et la nourriture restent au camp. Vous devez prendre des affaires pour 3 jours. Pour la nuit, pensez à prendre votre trousse de toilette ainsi que votre sac de couchage.
- Nous allons loin ? demande Yves.
- L'objectif est d'être en autonomie. Vous allez partir à la découverte du pays.
- Et comment allons-nous nous repérer ?
- Je vais vous donner une carte et vous montrer où nous sommes. Vous devrez passer par deux points indiqués sur la carte.

Nous sommes un peu dubitatifs.

- Au premier point, vous devriez y être autour de 10 heures, vous aurez une collation. Au second point, vous aurez votre repas pour le midi.
- Et pour le repas du soir et l'hébergement ? demande Stéphane.

- Vous devrez trouver un hébergement pour ce soir et un autre hébergement chez l'habitant pour la nuit suivante. Pour les repas, nous devrons aussi nous débrouiller et essayer de nous faire inviter. Dépêchez-vous d'aller chercher vos sacs et de venir chercher quelques barres de pâtes de fruits pour les premiers kilomètres.

Nous partons assez confiants sans vraiment savoir comment nous allons faire.

- Vous savez, seuls ceux qui se perdent s'enrichissent alors bon courage et revenez riches !

- Très drôle ! répondons-nous à nos animateurs un peu trop blagueurs.

Je ne comprends pas vraiment la teneur de cette phrase que je prends au premier degré et je ne vois pas comment nous serons riches si nous sommes perdus dans les bois.

- Il fait beau alors vous allez faire une belle promenade, mais avant de partir, chaque groupe va recevoir un talkie-walkie. Si vous avez un problème, vous pourrez nous contacter et nous viendrons très vite, ajoute-t-il encore.

Après plusieurs kilomètres nous trouvons notre premier repaire. Les animateurs sont là. Ils vérifient l'état des troupes et leur avancement. Ils nous donnent quelques pâtes de fruits puis ouvrent les boîtes métalliques de 2 kilos de compote pour que l'on se fasse quelques tartines. Nous les avalons bien rapidement. Nos gourdes sont à nouveau pleines et nous pouvons poursuivre notre parcours.

- A 16h, vous devrez nous contacter pour nous dire ce que vous avez trouvé pour ce soir. Vous pouvez donc commencer à chercher votre 1er logement.

Nous marchons en file indienne. Depuis une heure nous n'avons pas vu la moindre maison lorsqu'enfin, nous apercevons une ferme.

Nous avons de la chance, il semble qu'il y ait du monde. Un paysan est dans son champ, il s'occupe de ses semences. Je décide de prendre la parole pour le groupe. J'ai plus l'habitude de parler avec des adultes et j'écoute beaucoup Maman avec ses clients.

- Bonjour Monsieur, dis-je d'une voix tonique.
- Bonjour les enfants, que faites-vous ici avec vos sacs à dos ! Vous êtes perdus ?
- Non, pas du tout, nous découvrons votre merveilleux pays.
- Vous trouvez. Vous avez soif ?
- Ce ne serait pas de refus, il fait chaud.
- Venez, je vais vous donner à boire.

Nous entrons dans l'enceinte de la ferme. Elle est grande et sur le côté de la maison, nous apercevons des vaches. Nous recevons une carafe d'eau avec du sirop de citron. Sa femme est dans la maison et nous regarde intriguée en mettant à disposition des verres.

- D'où venez-vous ? Que faites-vous par ici ? demande-t-elle.
- Nous venons du Morbihan et nous sommes scouts. Aujourd'hui, nous devons faire une randonnée puis trouver un endroit pour passer la nuit et manger.
- Vous êtes venus à pied du Morbihan ?
- Non, non, nous avons un camp un peu plus loin dans le parc mais nous avons une randonnée à faire sur 3 jours.
- Ils vous font de drôles de randonnées vos animateurs.
- Je suis d'accord avec vous, ajoute Denis.

- Vous pensez que ce serait possible pour vous de nous héberger ?
- On n'est pas contre mais nous n'avons pas de chambre.
- Ce n'est pas grave. Même un endroit au chaud peut nous suffire et nous ne sommes pas difficiles à nourrir. En échange, nous pouvons vous donner un coup de main pour travailler dans la ferme. Nous ferons de notre mieux.

Les fermiers nous regardent avec gentillesse, deux enfants arrivent alors dans la pièce et nous regardent avec curiosité. La mère n'a pas le cœur de nous faire partir.

- J'aurais bien un endroit dans l'étable juste au-dessus des vaches. C'est propre et il y a de la paille, précise-t-elle.
- Ce serait très bien.
- Bon mais ça sent la vache !
- C'est pas grave et si nous pouvons faire un brin de toilette, ce serait parfait.
- Dans ces conditions, allez déposer les sacs. C'est d'accord pour nous.
- Merci, c'est vraiment très gentil. Est-ce que l'on peut vous aider à faire quelque chose ?
- Oui, pourquoi pas. Je dois couper un peu d'herbe autour de la ferme. Ça me fera de l'aide.

Les enfants de la ferme sont ravis d'avoir des invités surprise. Ça change du quotidien.

- Pour le repas, des pâtes, ça ira ?
- Parfait ! répond Eric qui salive déjà.

Les vaches sont déjà rentrées. Elles ne sont pas très nombreuses, je dénombre 8 vaches et 2 veaux. Nous prenons une échelle pour accéder dans la partie qui se trouve au-dessus des vaches. Il reste encore un peu de foin et cela nous permettra d'avoir un couchage plus confortable qu'à même les planches de ce grenier. Nous installons nos couchages, confiants pour notre prochaine nuit.

- J'appelle les animateurs, annonce Jean-Yves.

Les animateurs sont rassurés. Ils nous annoncent que nous sommes les premiers à avoir trouvé un endroit.

La journée n'est pas terminée et nous avons le temps d'aider le fermier dans ses travaux de jardinage.

- Je vais prendre la faucille, vous pouvez prendre les râteaux ? demande le fermier.

Les enfants nous accompagnent. Nous en profitons pour faire le tour de la ferme, regarder le potager, le clapier et le poulailler.

Denis lui pose des questions sur le potager. Il veut tout savoir sur les légumes qui sont là et il fait part de ses connaissances sur le sujet.

- Ça je connais bien, ce sont des jeunes plants de tomates et là des radis. Vous avez déjà des salades ?

Le fermier est content de voir que l'on s'intéresse à tout.

- Oui, j'ai aussi des plants de courgettes et de potirons. Je te montrerai. C'est un peu plus loin.

Il regarde sa petite troupe de jardiniers avec un sourire attendri.

- Avec cette petite équipe, nous allons faire vite. Je serai moins fatigué ce soir !

La journée se termine tranquillement. Nous ne veillons pas trop tard car notre journée a été assez fatigante et nous devrons reprendre la route le lendemain.

Nous mangerons comme convenu une belle plâtrée de spaghettis. Stéphane qui avait si faim ne laissera pas sa part.

- Je vous aurais bien fait un clafoutis mais je n'ai pas encore de cerises, alors je vous ai fait un flan, annonce la fermière.

- Nous avons déjà de la chance d'avoir un dessert. Il a l'air super bon ! répond Jean-Yves.

Nous sommes tout heureux d'avoir le ventre apaisé mais épuisés par cette journée, nous rejoignons rapidement nos duvets après une rapide toilette.

Au petit matin, quelques vaches beuglent dans l'étable. Tout le monde se réveille mais je suis à l'envers par rapport aux autres. Je ne m'attarde pas sur ce détail et cette situation désormais récurrente. Je me demande ce qui excite les vaches comme ça. L'odeur de l'étable est désormais familière et moins difficile à supporter pour moi. La fermière est déjà à pied d'œuvre et s'occupe des vaches.

- Bonjour les enfants, vous avez bien dormi ?
- C'était très bien, répondons-nous.

Elle traie les vaches. Une odeur de lait chaud plane dans l'étable. Nous sommes curieux de voir ça et nous nous habillons rapidement pour voir de plus près cette scène. Avec ses mains, elle tire sur les mamelles de la vache pour sortir le lait avec une telle facilité que nous sommes admiratifs. Je lui demande :

- Comment faites-vous ça ?
- Tu veux essayer ?

Je suis perplexe.

- Pourquoi pas, je veux bien après tout.

Assis sur la chaise basse, j'essaie de respecter les consignes mais j'ai peur de me prendre un coup de sabot. Seulement quelques gouttes sortent de ce pis.

- Je veux bien essayer, annonce Jean-Yves

Il réussit également à faire sortir quelques gouttes.

- A ce rythme-là, vous n'aurez jamais un verre de lait, rigole la fermière.

La vache s'impatiente, sa queue commence à faire de plus en plus de mouvements.

- Vous voulez goûter ce lait ?

Je lui demande :

- Ça se boit comme ça, directement à la sortie du pis ?
- Oui, c'est chaud et c'est riche en vitamines.

Elle prépare alors un verre qu'elle remplit en quelques secondes. Je goûte ce breuvage avec quelques appréhensions.

- C'est très bon et c'est très épais.
- Ah oui, et c'est pas du demi-écrémé ça ! ajoute-t-elle avec conviction.
- C'est vraiment très bon !
- Vous avez quelques tartines qui vous attendent dans la cuisine.

Nous prenons notre dernier repas en compagnie de ces fermiers bien attentionnés. Il est déjà temps de partir. Nous quittons avec regret cette chaleureuse famille, une part de richesse en plus dans nos cœurs.

Nous contactons nos animateurs. Un ravitaillement est prévu pour le midi. Nous devrons juste préciser où nous sommes.

Nous ne souhaitons pas faire trop de kilomètres mais nous marchons quand même toute la matinée.

Nous retrouvons finalement nos animateurs. Dans une joyeuse excitation, nous racontons un peu tous en même temps notre aventure et nos découvertes.

Nos animateurs sont ravis de nous voir si heureux et nous laissent conter sans limite notre histoire. Le ravitaillement nous est fourni assez rapidement. Après un repas bien mérité, nous reprenons avec enthousiasme notre route à la recherche d'une nouvelle aventure à vivre.

L'horloge tourne et nos recherches pour un nouveau logement sont vaines. Soit, nous ne trouvons pas les fermiers qui doivent être aux champs, soit la ferme est trop petite pour nous recevoir.

*

Il est déjà 15 heures mais nous sommes toujours sans solution lorsque nous arrivons devant un château. Cette grande demeure possède une haute tourelle. Le corps du bâtiment est en pierre du pays et le toit en tuiles rouges.

La grille rouillée de la porte principale est ouverte sur un grand parc. Le château ne semble pas être en bon état. La peinture de plusieurs volets est écaillée et quelques volets semblent absents comme quelques tuiles du toit. Le lierre a investi une partie de la tour, un morceau de gouttière pend dans le vide et plusieurs carreaux manquent aux fenêtres. Je me demande si ce château n'est finalement pas abandonné. Une femme est dans le parc et ratisse l'allée principale en graviers. Je trouve qu'elle a une drôle de tenue pour faire du jardinage. Elle ressemble à une intendante de maison du début du siècle avec sa robe noire, son tablier blanc et son col blanc. Nous décidons de tenter notre chance.

Nous nous avançons vers elle. Elle nous accueille avec un sourire.

- Bonjour Madame.
- Bonjour les enfants, que faites-vous ici, c'est une propriété privée vous savez ?
- Vous avez beaucoup de travail à priori.
- Ne m'en parlez pas, le jardinier est malade depuis plus de 2 semaines et le jardin a l'air d'être à l'abandon. Je dois ratisser toute l'allée, ramasser les feuilles et couper les herbes hautes pour préparer la visite de la famille du comte le week-end prochain.
- C'est vraiment beaucoup de travail. Vous allez y passer plusieurs jours.
- Oui, et en plus je dois nettoyer toute la maison.
- Nous sommes scouts. Nous devons découvrir des gens et des endroits durant notre séjour. On pourrait vous aider si vous pouvez nous héberger et nous nourrir.
- Ce ne serait pas de refus mais je dois demander au comte car il n'aime pas être dérangé.
- Nous serons discrets. Nous allons nous occuper du jardin pendant que vous vous occuperez du ménage.
- D'accord, je vais lui demander et je reviens.

Elle revient rapidement, le sourire aux lèvres. Je sais déjà que ce sera « oui ».

- Pour la nuit, je vous montrerai la chambre plus tard. Nous avons une partie de la tourelle que nous n'utilisons pas mais il y a un très grand lit. Vous n'êtes pas bien épais, ça devrait aller.
- Ce sera parfait !

Nous sommes contents de nous et nous nous mettons déjà à la tâche.

Nous ratissons l'herbe fraîchement coupée pour en faire des tas. Nous sommes seuls dans le parc mais nous n'avons pas envie de le découvrir, de marcher à nouveau. Après une heure de ratissage et de chahut, nous décidons de nous reposer tranquillement à l'ombre du saule-pleureur qui se trouve près de l'étang où nous regroupons nos sacs. Je me demande bien d'où vient ce drôle de nom mais en le regardant plus attentivement, je pense que ce nom a été inspiré par un poète mélancolique. Tout d'un coup, nous apercevons un pic vert qui s'acharne bruyamment sur un vieux chêne et m'interrompt dans mes pensées. J'ai rarement l'occasion d'en apercevoir. Ses couleurs sont magnifiques. Avec sa tête rouge et son dos vert, on dirait le soldat casse-noisette que Roland a la maison. Il est étonnant avec son mouvement répété à piquer sur ce tronc inlassablement.

Deux petites libellules bleues passent au-dessus de nous en se poursuivant puis adoptent un vol stationnaire à la surface de l'eau avant de disparaître à nouveau.

Nous sommes fatigués. Il fait chaud et nos gourdes sont presque vides. Soudain, Jean-Yves enlève ses habits. Il veut prendre un petit bain dans l'étang. Cela ne me semble pas très raisonnable. Je suis inquiet et je lui demande.

- Tu veux te baigner ? Vraiment ? Et si on se fait prendre ?

- Ben, c'est pas grave, nous dormirons à la belle étoile.

- Oui c'est une bonne idée, ajoute Denis.

- Je serai dans l'eau le premier, complète Stéphane.

Moi qui suis si prudent, j'ai du mal à me faire à cette idée mais ils sont déjà tous les trois en slip, prêts à se jeter à l'eau.

- Allez, viens. T'es pas une poule mouillée, me dit Denis.

- Ah ah ah, une poule mouillée, rigole Jean-Yves en se jetant à l'eau comme une bombe, éclaboussant ainsi Denis et Stéphane.

Je n'ai plus le choix. J'ai plutôt intérêt à me dépêcher sinon je sais que je finirai dans l'eau tout habillé et en pataugas.

- Personne à l'horizon, alors je viens ! Attendez-moi !

J'ôte à mon tour mes vêtements pour les rejoindre dans cette eau fraîche mais si agréable. Nous profitons pleinement de ce bain improvisé. Il fait si chaud pour un mois d'avril.

Une carpe saute un peu plus loin. Nous nous prenons alors pour des carpes et plongeons dans l'eau comme elles.

Après ce moment de plaisir, nous nous dépêchons de nous sécher, de récupérer un change et de finir notre travail. J'espère que je n'aurai pas une grosse angine demain car je suis très fragile de la gorge. Parfois, lorsque je suis malade, mes amygdales sont tellement enflées qu'elles se touchent et je n'arrive même plus à avaler ma salive. C'est très pénible. Mes parents se demandent si je ne devrais pas les faire enlever.

Il est déjà tard et nous rentrons dans l'entrée principale de la demeure après l'invitation de la dame. Dans le couloir qui mène à la cuisine, plusieurs têtes de cervidés semblent surveiller bien tristement les allers et venues. C'est l'heure du dîner. Nous avons un agréable repas à base de pommes de terre et de jambon. Nous mangeons en silence car nous avons faim. Elle n'a pas vraiment de temps à nous consacrer mais elle est contente du travail que nous avons fait.

- C'est bien, vous avez bien travaillé. Dommage que vous n'ayez pas eu le temps de prendre un bain dans l'étang.

- Dommage, ça c'est vrai, répond Denis malicieusement.

Je pense pour ma part qu'elle a tout vu de notre bain et je n'ose ajouter un mot.

- Vous allez pouvoir rejoindre votre chambre mais attention à ne pas déranger monsieur le conte car il ne supporte pas le bruit.

Discrètement, nous rejoignons notre chambre. Le papier peint est décollé et cette pièce n'a pas dû servir depuis longtemps.

La nuit, nous la passons dans cette tourelle du château. Nous sommes ravis, car c'est la première fois que nous dormons dans un lieu comme celui-là.

- C'est chouette, ça change de la maison et de la ferme, dit Stéphane.

- Oui, mais nous étions bien dans la ferme, répond Denis.

Nous osons à peine quitter la chambre de peur de rencontrer un fantôme. Le lit n'est pas vraiment très neuf et pas assez grand pour 4. Dans nos duvets, nous partageons ce sommier un peu raide.

- Je crois que Napoléon a dû dormir ici tellement ça semble vieux, dit Jean-Yves.

- Peut-être même que Jules César aussi ! répond Denis pour rigoler.

- Jules César et pourquoi pas l'homme de Cro-Magnon, ajoute Stéphane.

Une franche rigolade éclate. C'est le dernier moment de cette belle journée commencée dans les granges d'une ferme et terminée dans la tour d'un château qui, je suis certain, appartenait à un chevalier. Au petit matin, je suis surpris de me retrouver par terre dans mon duvet, coincé entre le mur et le lit. Je ne sais comment c'est arrivé. Je suis courbaturé et mes compagnons n'ont pas franchement l'air d'être reposés non plus.

- Je n'ai pas réussi à dormir avec tout ce bruit dans le château, dit Stéphane.

- Moi non plus avec ces portes qui claquaient, ajoute Denis.

Pour ma part, je n'ai rien entendu. Lors du petit déjeuner, Stéphane demande à la maitresse de maison :

- Il y avait beaucoup de monde dans le château pour la nuit ?

- Non, personne dans votre partie du château, pourquoi ?

- Nous avons entendu des bruits étranges.

- Des bruits, c'est bizarre, mais non il n'y avait personne.

Cette histoire de bruit ne me rassure pas vraiment. Après le petit déjeuner, nous quitterons ce domaine discrètement et nous ne verrons jamais le comte.

- Nous étions chez Dracula, dit Jean-Yves avec une voix caverneuse.

- Regarde Stéphane, tu as des morsures dans le cou, ajoute Denis avec un air affolé.

- Quoi j'ai des morsures dans le cou ?

Denis rigole de sa bonne farce et de la belle panique de Stéphane.

- Et moi, je vais te le tordre ce cou, dit-il en se précipitant vers lui.

Nous rigolons de plus belle sur notre chemin du retour.

Après ces 3 jours de randonnée, nous rentrons au camp heureux mais bien fatigués. Nous racontons notre journée à Jean-Claude qui nous écoute avec attention et inquiétude.

- C'est étrange, je pensais que ce château était fermé. Je croyais même qu'il était abandonné. Vous êtes certains d'être allés dans ce château ?

Nous repartons en silence vers notre tente.

Chapitre 8

Après un repos bien mérité, nous devons acheter des œufs à la ferme qui se trouve à côté de notre campement pour compléter le dîner. Nous profiterons de ce déplacement pour acheter des pommes de terre.
- Vous venez d'où ? me demande-t-elle.
- Nous venons de Pluvigner, c'est dans le Morbihan près de Vannes, vous connaissez ?
- Non, je n'ai jamais quitté la région !
- Notre région est très belle.
- La nôtre n'est pas mal non plus. Vous venez faire quoi ici ?
- Des promenades dans la forêt, autour des lacs.
- Et vous n'avez pas peur ?
- Peur de quoi ?
- Ben de la bête.
- De la bête ?
- De la bête du Gévaudan pardi !
- C'est quoi cette bête ?
- On ne sait pas trop, une espèce de loup géant avec des yeux qui brillent la nuit. Elle traîne dans la région parfois.
- Des loups géants ?
- C'est une bête qui rôde dans la région depuis plusieurs générations. Elle égorge, dévore des vaches, des moutons et même des sangliers.
- Des sangliers ? Et vous n'avez pas peur ?
- Non, nous sommes habitués mais il faut faire attention et ne pas traîner seul la nuit dans la forêt.
- Ça, ça ne risque pas !

Un souvenir me revenait. J'avais 7 ans et nous étions partis en vacances avec toute la famille à Katilemborde, un hameau de Saint-Palais dans les Pyrénées. Mes parents avaient loué une maison perdue au milieu des collines. La région semblait tranquille. J'avais découvert des vies très différentes et des jeux pour enfants que je ne connaissais pas. Les enfants jouaient à la pelote basque, les maisons étaient aussi très différentes avec leurs boiseries rouges.

C'était assez flou dans mon esprit. Je ne me souvenais plus de grand-chose mais une chose m'avait beaucoup marqué. C'était la panique des bergers après l'attaque de plusieurs brebis par une bête la nuit. Nous étions au milieu des troupeaux de moutons. Partout, sur les collines environnantes, on pouvait les voir. Les bergers étaient venus nous voir pour nous dire d'être prudents. Ils cherchaient les coupables. Nous n'étions pas rassurés seuls dans notre ferme et ces agressions avaient duré plusieurs jours.

Je me demandais si cet animal était le même. Je gardais mes inquiétudes pour moi.

- Bon, nous devons rentrer !
- J'espère qu'il ne vous arrivera rien et profitez bien de notre beau pays.

J'avais un peu l'impression qu'elle se moquait de nous. Pour le coup, je me demandais si nous allions vraiment en profiter pleinement et si nous n'allions pas servir de dîner à la bête.

De retour au camp, je me gardais bien de raconter cette histoire autour de moi.

Alors que je pense cette journée terminée, nos animateurs ont l'ingénieuse idée de nous faire une marche de nuit. L'objectif est d'aller regarder les étoiles du haut de la colline. Jean-Claude, est un passionné d'astronomie. Il veut nous faire profiter de son expertise, de ce ciel sans la luminosité du camp et des hameaux environnants.

Cette nouvelle enchante presque tout le monde. Pour ma part, je me demande si c'est une bonne idée.

- Nous aurons peut-être la chance de voir des étoiles filantes, annonce-t-il.

Cette annonce finit de convaincre les derniers hésitants.

- Inutile de prendre vos lampes torches, le ciel est très clair ce soir.

Nous devons traverser la forêt pour pouvoir accéder au promontoire naturel d'une prairie.

Arrivés au sommet, nous regardons ce ciel étoilé. Nous identifions assez rapidement l'étoile du Berger, la Grande Ourse, la Petite Ourse, Cassiopée.

- Savez-vous où se trouve l'étoile du Berger ? demande Jean-Claude.

Nous recherchons dans le ciel et plusieurs doigts pointent la bonne étoile alors que d'autres doigts pointent vers une étoile au hasard.

- Vous avez raison, c'est celle-ci. Vous savez que c'est la première étoile que l'on voit lorsque le soleil se couche et qu'en réalité c'est une planète. C'est Vénus.

- Pourquoi elle s'appelle comme ça ? demanda une voix dans la nuit.

- Les bergers savaient que lorsqu'elle était visible en fin de journée, il fallait rentrer les bêtes.

- C'est aussi l'étoile Polaire ? demanda une autre voix dans la nuit.

- Non, ça c'est une autre étoile. Cette étoile qui permet de trouver le Nord se trouve dans la constellation de la petite Ourse. C'est juste cette dernière étoile au bout de la queue.

- Au bout de la casserole ?

- Oui, c'est ça ! Regardez, cette étoile, c'est Bételgeuse dans la constellation d'Orion et là, les gémeaux.

Une étoile filante traversa le ciel provoquant des « ouah » de satisfaction. La soirée avait été parfaite. Nous pouvions redescendre.

- Bon, nous allons redescendre mais pour cette marche de nuit de retour vous serez seuls.

J'avale ma salive de travers. Il n'est pas question de montrer ma peur à un autre mais entre les histoires de la bête de Gévaudan et cette forêt en pleine nuit, je ne suis pas très fier.

Je demande alors :

- Comment ça seul ? Nous n'avons même pas de torche ?

- Tu as raison, mais regarde, il fait très clair. C'est inutile et le camp n'est pas loin.

Je reste sceptique. Nous avons marché au moins 30 minutes pour venir alors je ne pense pas que ce soit si près.

- Vous allez partir l'un après l'autre, à une minute d'écart.

Les premiers s'élancent déjà. Le camp est en bas dans la vallée qui me semble si lointaine, si inaccessible.

Jean-Yves vient de partir, ce sera bientôt mon tour, je vais partir dans une minute. Le ciel est clair mais je persiste à penser qu'une lampe torche n'aurait pas été de trop.

J'avance alors seul dans cette nuit, vers cet inconnu. J'ai le cœur qui bat un peu trop rapidement. Je me retrouve déjà dans la forêt. Il fait bien sombre et je ne suis pas rassuré par tous ces bruits. Je ne sais pas si c'est le fruit de mon imagination ou si ces bruits sont réels. Je n'ai pas envie de vérifier et encore moins de traîner.

Tout d'un coup, j'aperçois dans la noirceur de cette forêt un fantôme. Mon sang ne fait qu'un tour.

Mon cœur s'emballe encore un peu plus. Je suis terrifié par cette rencontre, un fantôme au milieu de cette forêt. Je reprends mes esprits car il ne semble pas bouger. Je regarde plus attentivement lorsque je m'aperçois de mon erreur. Il ne s'agit que d'une pierre qui bénéficie d'un reflet de la lune par une trouée dans les arbres. Je souffle un grand coup pour reprendre ma respiration. Et dire que je pensais croiser un monstre. Alors que je pensais pouvoir reprendre tranquillement mon chemin, j'entends une voix qui m'interpelle. Je suis à nouveau sous le coup de l'émotion mais très vite, je m'aperçois que Jean-Yves est là assis tranquillement à attendre que quelqu'un arrive.

- Eh, je ne t'avais pas vu, et j'ai déjà eu peur avec cette pierre blanche juste avant.

- Oui, moi aussi et je me suis dit que ce serait plus sympa de faire le trajet à deux.

- Tu as raison, c'est mieux comme ça, dis-je soulagé.

- Allons-y !

Nous arrivons alors tranquillement. Pour ne pas montrer notre ruse, nous décidons de terminer les derniers mètres l'un après l'autre comme si de rien n'était. Nous rejoignons soulagés les autres copains auprès du feu de camp bien rassurant.

Nous enchaînons les différents chants avec les copains. La guitare est sortie de son étui et quelques casseroles retournées donnent le rythme des chants. Le feu est déjà très grand. Il fait plus d'un mètre de haut et crépite en brûlant du bois parfois un peu trop vert. Le brasier nous réchauffe de cette forte humidité et nous rassure.

La soirée est commencée depuis un moment mais nous chantons en chœur l'un de nos chants les plus connus.

« *Dis-moi Céline, les années ont passé, pourquoi n'as-tu jamais pensé à te marier, de toutes les filles qui vivaient ici, tu es la seule sans mari...* »

Avant de poursuivre sur les chansons habituelles et très entraînantes.

« *Sont sont sont les gars de Locminé, qui ont de la mayette sans dessus dessous. yeh...* »

Nous enchaînons avec d'autres chants également connus de tous. Le groupe des Tri Yann est notre référence pour cette chanson.

« *Dans les prisons de Nantes Y avait un prisonnier Personne ne vint le "vouère" Que la fille du geôlier Un jour il lui demande Et que dit-on de "moué" ? On dit de vous en ville Que vous serez pendu, ...* »

Puis ce sera le tour de plusieurs chants en canon, chaque groupe de chants commençant en décalé par rapport au groupe précédent.

« *Qui peut faire de la voile sans vent, qui peut ramer sans rame mais qui peut quitter son ami sans verser une larme. Je peux faire de la voile sans vent, je peux ramer sans rame mais ne peux quitter mon ami sans verser une larme* ».

Les animateurs ont préparé quelques surprises. Ils arrivent en chantant des mots mal prononcés et titubant comme s'ils avaient beaucoup trop bu. Un coffre avec whisky écrit en grand est placé au milieu du groupe.

- Où est la clef ! la clé du coff. Du coff à la wissky, du coff à popof.

Ils chahutent à essayer de trouver cette clé parmi l'assemblée. Ils bousculent gentiment les spectateurs avant de reprendre plusieurs fois cette chanson, en se tenant par les épaules pour ne pas tomber.

- Où est la clef ! la clé du coff. Du coff à la wisky, du coff à popof.

Jusqu'à trouver une clé qui permet d'ouvrir ce coffre et de montrer cette fameuse bouteille.

Nous enchaînons sur une autre chanson contée. C'est Jean-Claude qui, après être rentré de la colline, conte cette histoire avec conviction.

- C'est l'histoire d'un boucher de la ville de Paris. Un chat du quartier ne cesse de lui voler des saucisses alors il décide de le couper en morceaux. Il attrape le chat et le découpe en rondelles bien fines. La nuit passe mais le lendemain matin !

Nous connaissons déjà tous cette histoire alors nous chantons tous en cœur.

- Le matou revient le jour suivant, le matou revient, il est toujours vivant, chantons-nous avec entrain et gaité.

Jean-Claude poursuit son conte en mimant ce boucher tortionnaire :

- Le boucher est fou de colère de revoir ce chat. Il attrape à nouveau ce maudit chat qui lui fait perdre beaucoup d'argent. Il le passe dans la machine à faire des saucisses jusqu'à obtenir un très beau chapelet. De satisfaction, il part se coucher.

Nous attendons la suite avec impatience. Doucement, à voix basse, il poursuit cette incroyable fable et ritournelle :

- Mais le lendemain matin.

Il marque un moment de silence.

- Le matou revient le jour suivant, le matou revient il est toujours vivant !

Jean-Claude poursuit de plus belle et laisse libre court à son imagination avec ce boucher.

- N'en pouvant plus, le boucher décide de construire une fusée. Il veut expédier le chat dans l'espace et il attache ce chat à un baril de poudre.

Nous rigolons de plus belle de toutes ces improbables scènes. Cela me fait penser aux dessins animés que parfois je regarde à la télévision le dimanche soir. Je vois très bien notre boucher en Bill le coyote tentant vainement de détruire Bip-Bip, cet oiseau facétieux et ultra-rapide. J'imagine également Tom et Jerry dans leurs inlassables poursuites à la recherche de solutions destructrices.

- Alors, le boucher démarre sa fusée et elle disparaît très rapidement dans le ciel avant d'exploser en mille morceaux.

Jean-Claude laisse entendre que l'histoire est terminée, il s'avance vers sa place pour s'asseoir au milieu du groupe. Nous le regardons avec impatience et frustration.

Il s'assied puis se relève brusquement en déclarant :
- Mais le lendemain matin,

Nous sommes tout excités et chantons pour la dernière fois de la soirée.

- Le matou revient le jour suivant, le matou revient, il est toujours vivant !

Nous poursuivons cette soirée en entonnant le Chant des partisans, La voilà la blanche hermine et Dans les prisons de Nantes.

La soirée se termine, les dernières braises ne veulent pas s'éteindre mais veulent poursuivre cette soirée en notre compagnie. Aucune nouvelle branche ne viendra pourtant enrichir le cœur crépitant de ce foyer. Il est tard. La voûte céleste est toujours aussi étoilée. Mon esprit rempli d'étoiles souhaite trouver le sommeil. Allongé dans mon sac de couchage, rempli de toutes ces émotions et moments de bonheur, je m'endors.

*

La nuit a été trop courte alors qu'elle promettait d'être bien profitable. Vers 7 heures du matin, un bruit étrange résonne dans le camp. Je constate que ma position a changé de 180 degrés par rapport à ma position du coucher. Je dois être somnambule. Les yeux à peine ouverts, je regarde à l'extérieur.

La fraîcheur du matin ne me donne pas envie de sortir. Je me demande ce qu'il se passe. Il ne devrait pourtant pas être l'heure de prendre le petit déjeuner et nous ne repartons que demain. Je vois de l'agitation dans le camp.

- Vite, nous avons été attaqués par un monstre cette nuit ! annonce Hervé, un autre animateur.
- Quoi ?
- Réveillez-vous !

Je suis encore dans mon sac de couchage et je ne comprends rien à cette histoire. J'ai bien envie de me rendormir.

- Réveillez-vous ! insiste-t-il en tapant sur le dos d'une casserole.

Devant une telle insistance, je ne vois pas d'autres solutions que de me couvrir la tête et de me boucher les oreilles.

- Debout ! Un enfant a disparu !

Ça devient sérieux. Je n'ai pas le choix.

La tente d'à côté où dormait mon cousin Bertrand est détruite. Les autres enfants semblent plus ou moins choqués. Je me demande si c'est bien sérieux tout ça.

- Bertrand a disparu ! Cette nuit, un monstre a attaqué le camp, déclare Hervé.

Nous le regardons avec inquiétude et perplexité.

- Il a toutefois laissé des indices dans le camp. Après le petit déjeuner, nous les chercherons.

Nous sommes soulagés car nous avons compris que ce n'est qu'un jeu avec une mise en scène comme ils ont l'habitude de le faire. La marmite de lait sur le réchaud, nous préparons nos tartines pour ce petit déjeuner bien précipité.

- Le premier indice se trouve à 500 mètres au nord. Vous trouverez un piquet jaune. Au pied de ce piquet sous une pierre, vous trouverez les coordonnées de votre première direction, indique Hervé.

- N'oubliez donc pas votre boussole et ne perdez pas le nord, ajoute Jean-Claude un sourire en coin.

Le chocolat versé dans ce lait nous apporte cette énergie dont nous aurons bien besoin pour la journée. Les tartines de confiture et de beurre englouties, nous sommes prêts pour cette quête. Nous constituons différents groupes car nous devons trouver le plus rapidement possible le fameux disparu.

Chaque indice que nous trouvons doit être déchiffré. Parfois, nous devons réaliser une épreuve pour pouvoir continuer sous les yeux amusés de nos animateurs.

Entre les courses en sacs, les parcours d'obstacles et les rébus, nous devons faire quelques kilomètres avec les coordonnées obtenues.

Aujourd'hui, nous maîtrisons assez bien notre boussole mais lors de notre première sortie, nous avions rencontré quelques difficultés à trouver les bons points de repères et nous nous étions retrouvés en plein milieu d'un marécage. Il était peu profond mais nous avions dû faire demi-tour pour trouver un autre chemin afin de rejoindre notre point de repère. Nous étions rentrés à la maison avec de la boue un peu partout pour le plus grand plaisir de nos parents…

D'un point de repère à un autre, nous avançons jusqu'à notre but. Les deux premières équipes sont déjà là. Nous nous sommes pourtant bien débrouillés mais un peu moins bien que les autres.

Bertrand est au milieu des autres scouts. Trop content de la mauvaise farce qui nous a été organisée.

De retour au camp, notre journée se termine enfin sous une pluie fine. La terre sent déjà l'humidité. Il est tard. La nuit est déjà presque là. Il pleut de plus en plus.

Une équipe a été constituée pour le repas de ce soir. Eric et Stéphane doivent faire le dîner pour l'ensemble du camp. Le feu est un peu à l'abri mais l'équipe est désormais sous cette pluie froide et battante. La grande casserole d'eau chaude est prête pour recevoir la poudre en sachet de soupe d'asperges que surveillent les deux compères. Le reste de l'équipe récupère les autres victuailles et se précipite sous la tente. La pluie redouble d'intensité. Elle inonde le camp avec fracas. Eric et Stéphane sauvent la soupe. Ils arrivent en se précipitant dans la grande tente sous les applaudissements de l'assemblée. Ils sont trempés jusqu'aux os et transis de froid. Désormais, le feu sans surveillance est attaqué de toutes parts. L'omelette et le riz de ce soir ne pourront pas être cuits. Quelques fumées s'échappent encore de ce feu avant de rendre l'âme. Il est trop tard pour le sauver, il s'est éteint. Le redémarrer dans ces conditions est désormais impossible. Heureusement, la soupe est encore bien chaude. Elle nous réchauffe de cette soudaine fraîcheur de la soirée et de notre fatigue de la journée. C'est le plat principal pour ce soir. Il nous reste aussi ces œufs crus, de la compote et du pain très humide. Pour la première fois, je découvre qu'il est possible de sortir le blanc d'une coquille sans sortir le jaune. Il suffit juste de faire un petit trou à chaque extrémité puis de souffler doucement par le haut pour évacuer le blanc de l'œuf. C'est rigolo. Ensuite, il ne reste que le jaune dans cette coquille. Il ne reste plus qu'à l'aspirer. C'est bien la première fois qu'après une soupe trop diluée, j'arrive à gober un œuf. C'était un sacré séjour avec, finalement, un dîner mémorable.

Après cet incroyable diner, nous rejoignons nos tentes respectives pour la nuit. Bien à l'abri, nous regardons cette pluie s'acharner sur notre campement. Notre installation résiste malgré cette pluie d'ouest. L'orientation de l'entrée était la bonne. Personne ne quitte sa tente et la nuit a déjà enveloppé le camp. La pluie diluvienne se calme. Seul un léger clapotis nous invite au sommeil. Je peux dormir tranquillement. Le camp retrouve sa sérénité. J'entends un bruit sourd et inidentifiable. Est-ce la bête ? Mais je suis probablement déjà endormi. Il ne s'agit sans doute que d'un rêve à moins que ce ne soit mon ventre qui gargouille. Je me réveille sans avoir bougé. Mes copains rigolent. Je comprends que mes positions au petit matin étaient une farce.

La bête n'était à priori qu'un conte, une légende. C'est avec regret que je quitte cette si belle région. Nous nous sommes souvent perdus mais je comprends désormais pourquoi je suis plus riche.

Chapitre 9

Aujourd'hui, Papa vient de remettre son costume, c'est le 8 mai. Il doit rejoindre le conseil municipal pour les commémorations du jour de la victoire de 1945. Le défilé est composé des anciens combattants, de la première guerre mondiale à la guerre d'Algérie. Quelques tambours et trompettes accompagnent ce prestigieux et conséquent cortège de la mairie au monument aux morts situé devant l'église. Les étendards des différents régiments sont portés par les plus vaillants.

Papa est à coté de M. Le Couviour et de M. Collet, un ami important pour lui. Tout le conseil municipal est présent. La plupart des hommes portent une casquette. Ils ont fière allure et marchent avec respect. J'aperçois M. Daniel, le père de Denis qui marche dans le cortège en silence à côté de M. Lothoré, le père de Jean-Yves. Les différentes gerbes sont portées par les nombreux pompiers volontaires de la commune dans leurs tenues brillantes, soignées, les casques sur la tête et accompagnés par les gendarmes de la commune. Ils apportent encore plus d'importance à ce moment.

Les gerbes sont déposées. Les jeunes ne sont pas très nombreux mais comme d'habitude, je retrouve Jean-Yves, Denis, Michel et quelques autres copains de l'école.

Un moment de silence est fait devant ces monuments avant le discours du maire. Les applaudissements sobres mais sincères se font entendre pour clore cet instant solennel.

Je rejoins alors mon père qui regarde les noms de la tombe. Mon grand-père l'attend assis sur un banc à côté du monument.

- Tu regardes quoi ?
- Je regarde le nom de ces jeunes. Ce sont les familles de la commune.

Papa aime l'histoire. J'ai envie d'en savoir un peu plus mais je respecte son silence.

- C'était au Véniel qu'ils se sont fait avoir. Tu sais à côté de la chapelle de St Colomban. Ils s'étaient cachés pour la nuit dans la ferme des « Le Tallec » après la bataille de Saint-Marcel.
- Saint-Marcel ?
- Oui, un hameau près de Ploërmel. Les jeunes croyaient que la guerre allait se terminer rapidement. Au moins 2000 résistants se sont regroupés là-bas. Les Allemands de la Wehrmacht les ont vite entourés. Ça bardait à ce moment-là un peu partout. La base navale de Lorient était pilonnée tous les soirs. On pouvait voir les explosions et entendre ces bombardements de la maison. La bataille de Saint-Marcel a duré quelques jours puis tous les résistants se sont dispersés dans les campagnes lorsque les forces allemandes se sont regroupées pour attaquer.
- Comment ils ont fait pour les trouver dans cette ferme ? C'est assez loin de Vannes quand même et un peu perdu dans la campagne.
- Les Allemands ont mobilisé toutes les forces qu'ils pouvaient pour les capturer. Les miliciens, les SS, les soldats russes qui étaient là, les services de renseignements allemands et d'autres traîtres.
- C'était une véritable traque.

- D'abord, ils en ont trouvé à Bieuzy qu'ils ont fusillés. Au Véniel, c'était une cache d'armes et un lieu de repli. Ils étaient là uniquement pour la nuit mais au petit matin ils étaient encerclés. Ils étaient 9.

- Ils ont dû être dénoncés alors !

- Les Allemands ne voulaient pas un nouveau Vercors. Tu vois le premier sur la liste, « Joseph Allanic ». Il a été abattu alors qu'il essayait de s'enfuir.

- C'était trop tard.

- Les autres auraient mieux fait de faire comme lui car les Allemands les ont attrapés.

- Et les ont fusillés aussi ?

- Non, c'était bien pire. Les autres maquisards ont été torturés puis jetés dans une étable avant d'y mettre le feu.

- C'est horrible !

- Dans le groupe, tu vois, il y avait les 2 fils des fermiers, les frères Le Tallec, Adrien et Jean. Ils avaient 18 et 20 ans. Mes parents connaissaient bien la famille. Ils venaient au magasin. C'étaient des jeunes courageux qui travaillaient dur à la ferme. Ils ne se plaignaient jamais. Ça a été un choc dans la commune. C'est pour ça qu'il faut se souvenir de ces moments. Parce qu'ils ont perdu la vie pour notre liberté.

Arrive alors un copain de mon père, Joe Glehuir.

- Salut René. Comment tu vas ?

- Ça va, je racontais cette histoire du Véniel à François. Nous allions partir et toi ça va ?

- Nous regardions les prénoms des « Le Tallec » sur le monument, j'ajoute alors.

- Oui, c'était une sacrée histoire mais c'est une chance que le nom de ton père n'y soit pas.

- Quoi ? pourquoi ?

- Tu exagères. Ce n'était rien et ça n'a rien à voir, répond mon père.
- Rien ? mais je peux savoir ?
- Pendant la guerre, les FFI avaient fait dérailler un train à côté de la gare de Pluvigner.
- Et alors ?
- Avec ton père et d'autres jeunes de la commune, nous sommes allés voir ce train. Les FFI nous ont pris en photo dessus. Tu ne me croiras pas mais cette photo a été envoyée en Angleterre pour être publiée. J'ai gardé une photo à la maison, je te la donnerai à l'occasion.
- J'avais 13 ans. Je faisais des bêtises, je piquais même des balles aux Russes blancs dans leurs sacoches.
- Je ne sais pas si cette photo a été utilisée par la presse britannique mais heureusement que les Allemands ne l'ont pas trouvée, toute la famille aurait été fusillée ou pire transférée au fort de Penthièvre pour être torturée comme ces pauvres gars de Locminé.

Je crois que cette discussion est un peu trop intense en émotion pour moi et je préfère rejoindre Grand-père qui salue de son chapeau et avec beaucoup d'élégance plusieurs personnes.

- Joe, nous allons rentrer, je dois préparer le déjeuner. Ça va à la station essence ?
- Oui très bien, les affaires tournent. Allez, bonne journée à toute la famille.
- Bonne journée à tous !

Nous reprenons le chemin vers la maison. J'ai un peu l'impression d'avoir le cœur en mille morceaux avec toutes ces histoires de héros de la commune et des environs que j'ignorais.

De retour à la maison, Maman nous attend. La cuisine est parfumée par l'odeur bien familière du gâteau breton.

- Alors les hommes, enfin de retour !

Il faut dire que nous avons un peu traîné. Les assiettes « Arcopal » en verre transparent bleues, vertes et jaunes sont déjà sur la table comme si nous étions un dimanche. Patrice a allumé la télévision. Il attend avec impatience une émission.

- Tu veux regarder quoi ? lui demande Papa.
- Le petit Rapporteur de Jacques Martin et écouter la chanson « A la pêche aux moules ».
- Patrice, aujourd'hui nous ne sommes pas dimanche. Tu ne vas pas voir grand-chose, lui dit mon père.
- Je croyais que c'était dimanche. C'est comme dimanche !
- Ce n'est pas dimanche mais je suis d'accord, c'est comme un dimanche puisque je suis là ! dit Grand-père en souriant à Patrice.

Grand-père veut acheter une bouteille de vin pour l'occasion. Maman refuse son paiement. Grand-père donne alors à chacun d'entre nous une pièce d'un franc.

Avec cette pièce, Patrice, Roland et moi nous précipitons pour aller chez madame Jégat acheter quelques bonbons. Ça changera des bonbons de la maison. Roland est un peu inquiet car il fait très sombre dans la boutique et qu'elle est habillée en noir, le dos un peu voûté mais il est ravi de courir vers cette boutique quand même.

- Tu es certain que ce n'est pas une sorcière, me dit Roland en arrivant devant la porte d'entrée.
- Pourquoi tu dis ça ?
- Ben parce que !

- Mais non idiot.

C'était étonnant pour nous de nous retrouver dans cette petite boutique car elle vendait des bonbons comme à la maison. Cela nous donnait comme un sentiment de liberté de faire des achats dans un autre magasin.

- Bonjour les enfants. Que voulez-vous ?
- Nous allons prendre 3 cornets de bonbons à un franc.
- Tout ça ! eh bien. Choisissez ! Vous voulez lesquels ?
- Un peu de chaque, Roland tu veux quelque chose en particulier ?
- Oui je voudrais bien une coquille à sucer. La jaune avec un bracelet de bonbons.
- Des crocrroco. Ceux-là, indique Patrice.
- Pour moi, quelques rouleaux de réglisse et aussi ceux-là comme Patrice.
- Et des fraises Tagada, des bouteilles de coca. J'aime bien. Ça pique ! ajoute Roland.
- Oh oui ça pique, confirme Patrice.

Elle prit une feuille de papier journal puis réalisa un cône pour y déposer nos friandises avant de le refermer.

- Elle est gentille, tu vois. Tu as vu au fond du magasin la petite lucarne.
- Oui pourquoi ?
- C'est celle que l'on voit lorsque l'on monte sur le toit des voisins par l'entrepôt de notre jardin. Je vais te la remontrer tout à l'heure.

Parfois, nous montons avec Patrice et Roland sur le toit en ardoise de notre maison. Nous passons par la fenêtre du 2ème étage puis nous allons jusqu'à la cheminée en nous donnant la main pour aller regarder la vue. Les parents ne le savent pas. Heureusement pour nous car c'est quand même assez haut et assez dangereux. Je me demande quelle tête ils feraient si nous nous écrasions dans la cour.

Je crois que nous n'aurions pas évité le martinet avec ses lanières en cuir cette fois-ci. Ce martinet ne servait pas beaucoup mais nous le redoutions quand même un peu.

Roland avait tellement peur de sentir les lanières sur ses cuisses, qu'il passait du temps à le chercher. Lorsqu'il le trouvait, il le rendait inutilisable en coupant les lanières. Lorsque Maman était excédée par nos chamailleries et bêtises, elle allait le chercher pour nous punir. La plupart du temps, ce n'était plus qu'un manche sans utilité alors la pression redescendait d'elle-même.

- Cet après-midi, ce sera « Opération Arsène Lupin » !

De retour à la maison, l'apéritif est déjà terminé et nous sommes prêts à passer à table. Nous sommes impatients que le repas se termine pour réaliser notre machiavélique projet.

Il est 15h, Papa ramène Grand-père tranquillement chez lui. Il va récupérer ses affaires pour aller jouer avec ses boules en bois sur le terrain municipal. Il retrouvera ses amis pour finir l'après-midi.

Patrice les accompagne car un match amical des Kériolets est prévu au stade. Il ne manquerait pour rien au monde un match, mais aujourd'hui, il n'aura pas à noter le résultat sur son cahier de suivi des scores.

Maman regarde une émission de variétés. Je reconnais plusieurs chansons entraînantes, joyeuses comme celles du groupe ABBA puis des Bee Gees mais j'ai la tête ailleurs.

Tout est tranquille. Le chien et le chat dorment. Même la tourterelle semble assoupie. Nous pouvons enfin mettre en œuvre notre cambriolage.

- Roland, c'est le moment ! Tu es prêt ?
- On y va !
- D'abord, il faut passer par la lucarne du toit de la réserve. Ensuite, nous pourrons monter sur le toit du voisin.

Après quelques contorsions et acrobaties, nous sommes enfin sur le toit. Nous nous allongeons sur les fragiles ardoises de cette toiture pour regarder la cour qui doit nous permettre d'accéder à la fenêtre de la salle du trésor.

- Il doit bien y avoir 5 mètres ? Demande Roland.
- Plutôt 3 mais c'est beaucoup trop haut et une fois dans la cour, il faudrait une échelle.
- On fabrique une corde ?
- Non, c'est vraiment trop dangereux, trop haut ! Et après, nous ne pourrons pas revenir.

Allongés sur ce toit nous regardons cette lucarne à l'accès impossible.

- Il est à qui ce toit ? demande Roland.
- Je crois que c'est celui de chez Stéphane. Regarde, si on monte dessus, je suis certain que nous verrons la cour.
- Oui mais il faudrait une échelle.
- Oui, c'est trop haut !
- Tu te souviens lorsque nous sommes allés chez son grand-père ?
- Le sorcier ?
- Le magicien plutôt ?
- Moi, il m'avait fait peur.

Je repense à cette journée et je l'entends encore nous parler.

Il avait pris un ton impérieux.

- Regardez ! Ouvrez bien vos yeux !

Il plaça alors une pièce de 1 franc sur la table, posa un mouchoir sur la pièce puis frappa brutalement de la paume de sa main sur le mouchoir. La pièce n'était plus sous le mouchoir, elle avait disparu. Il glissa alors son autre main sous la table puis récupéra cette pièce.

Nous étions ébahis. Il avait poursuivi ainsi avec grandiloquence et théâtralité sa démonstration.

- Attention, vous allez voir comment je suis invincible.

Il prit son couteau avant de l'enfoncer doucement dans son avant-bras. La lame avançait de plus en plus dans ce bras jusqu'à disparaître complètement puis doucement, il la retira de son bras sans qu'une seule goutte de sang ne coula de celui-ci.

Roland était terrorisé et je lui avais doucement conseillé de prendre la fuite pour ne pas être transformé en viande de pot-au-feu.

C'était une sacrée journée.

- En tout cas, je ne suis pas prêt d'y retourner. Je suis sûr que c'est un sorcier.

Il était temps de rentrer, cette salle du trésor nous restera définitivement inaccessible.

- Bon Roland, on rentre ?
- C'est dommage.
- Je crois que ce sera plus simple de faire un cambriolage dans notre magasin ! Les bonbons sont aussi bons après tout ! J'ai repéré une tablette de chocolat qui me semble très bonne.
- Ça, on sait bien le faire, mais c'est moins drôle !

- Opération bonbecs demain ?

De retour dans la maison, l'odeur du far breton fait par Patrice parfume généreusement la pièce avec cette odeur de sucre vanillé. Papa prépare quelques girolles et cèpes trouvés avec René-Yves dans la forêt cet après-midi. Ce sont certainement les derniers champignons de la saison.

Ce soir, nous mangerons une soupe, du pot-au-feu avant de manger le far aux pruneaux que Patrice vient de sortir du four. Quelques craquelins sont également sur la table. Je me régale par avance.

- Les champignons, c'est pour quand ?
- Demain sans doute avec le poulet, je crois qu'il y a assez de choses pour ce soir ! me répond Papa.
- Oui, mais j'ai faim moi !
- Tu as toujours faim pourtant, je crois que tu viens d'engloutir une tablette de chocolat, répond-il en souriant.

Je garde le silence. Cette tablette ne me semblait pas si grande. J'attrape discrètement un craquelin pour patienter.

Le chien est allongé en boule, dans un coin de la cuisine, dans le carton de bananes de la Guadeloupe.

Il est assez large pour qu'il puisse s'y sentir bien. La chatte que Patrice a baptisée « Princesse » vient d'ailleurs de le rejoindre. Elle lui porte quelques coups de langue pour lui faire sa toilette en attendant de récupérer quelque chose du repas.

La télé est allumée et devrait être l'invitée supplémentaire du dîner comme tous les soirs. Pour l'instant, la voix éraillée de Claude Piéplu nous explique que les Shadoks pompent encore et toujours. Papa rigole avec nous des aberrantes attitudes de ces drôles de personnages.

Nous sommes tous attablés, Maman dépose sur la table la soupe de légumes du pot-au-feu. Les informations de 20 heures sont mauvaises mais à priori, c'est important d'avoir ces informations du soir. La sonnette du magasin retentit. Maryannick se précipite pour servir ce client tardif. Généralement, ce sont les voisins les plus proches qui viennent perturber le dîner. Il manque soit une plaquette de beurre, soit un camembert ou un kilo de fruits. Nous faisons d'ailleurs de même lorsqu'il nous manque du jambon ou du pain.

Le far est encore un peu chaud et refroidit tranquillement dehors sur le rebord de la fenêtre. Bizarrement, la chatte n'est plus là. Elle est peut-être sortie sans que je m'en aperçoive. A moins qu'elle se soit cachée dans le meuble de la machine à coudre Singer entre les pelotes de laines multicolores, sa cachette préférée. C'est normal pour un chat de se cacher dans un endroit aussi douillet. Ma mère adore la couture, faire des canevas, tricoter des pulls et elle utilise régulièrement cette machine pour réparer nos chaussettes ou faire nos ourlets de pantalons. Elle maîtrise cet outil depuis longtemps. Elle avait même gagné un prix de couture étant plus jeune après sa formation de couturière.

Elle habitait Betton au lieu-dit, La Levée. Une ville proche de Rennes. A 14 ans, elle avait dû faire un apprentissage en couture mais n'avait pas trouvé de travail. Par chance, elle a eu une opportunité d'aller travailler au journal Ouest France. Elle avait rencontré, lors d'une soirée, un beau soldat en service militaire à Coëtquidan. Elle avait abandonné sa famille et son activité professionnelle pour venir vivre à Pluvigner et construire sa vie.

Malgré le fond sonore de la télévision, chacun raconte sa journée entre la cueillette de champignons, les activités des uns et des autres, le repas se passe très rapidement. Le cidre de Raymond, notre cousin agriculteur, est sur la table. Nos bouteilles et fûts de cidre sont dans notre garage qui se trouve place du Marah Seu, l'ancien marché aux vaches. Nous y retrouvons parfois quelques vieux objets rangés ou oubliés depuis des années. Cette bâtisse est principalement utilisée pour abriter la voiture et pour stocker ce fameux nectar. Une production bien locale qui est bien largement appréciée par tous. J'ai même le droit à un verre qui me fera un peu tourner la tête.

- Patrice, ton far doit être froid désormais ! dit Maman.

- Oui, on va va va se régaler ! répond-il.

Alors qu'il part chercher son far à l'extérieur, Roland se précipite sur les genoux de Maman. Je me précipite à mon tour sur les genoux de Papa. Cela devient très rare mais j'en profite encore un peu. Discrètement, j'indique à Roland qui est en face de moi par un regard complice, qu'il n'est pas utile de parler de notre journée et de notre tentative avortée de cambriolage.

Patrice arrive et dépose son dessert sur la table en poussant un cri de surprise :

- C'est quoi ?

Nous sommes surpris par cette rare intonation. Je regarde le far avec étonnement.

- Le dessus du far a une drôle de couleur, il est jaune ! dit Roland.

Je regarde de plus près puis je m'exclame à mon tour.

- Mais, c'est la chatte qui s'est servie !! Elle a lapé tout le dessus du far !! C'est une sacrée cambrioleuse celle-là !

- Une cambrioleuse. Ah ah ah ! rigole Roland à pleine voix.

Je rigole avec lui sans retenue devant cette tablée interloquée par notre réaction.

- Une cambrioleuse, une cambrioleuse répète inlassablement Roland en pleurant de rire.

*

Quelques jours plus tard, de retour à l'école comme tous les matins, nous profitons de la cour avant que ne sonne la cloche.

Dans la classe, notre professeur nous annonce un drôle de programme pour la journée.

- Aujourd'hui, vous allez faire un reportage dans la commune !

M. Métayer est un instituteur assez strict mais il est aussi assez imaginatif. Il nous donne une approche de l'école assez différente de ce que nous entendons habituellement. La semaine dernière, nous avons fait un potager dans le jardin du presbytère. Nous avons planté des fraisiers, des pommes de terre, semé des graines de haricots, de radis, de petits pois, de tournesols et de lupins. Nous surveillons régulièrement l'évolution du jardin. Nous espérons que la récolte sera bonne.

En octobre, nous avons dû préparer un herbier sur le thème des fougères, mousses et lichens. J'avais surtout retenu qu'il existait des fougères mâles et des fougères femelles mais qu'elles n'étaient pas de la même espèce. Finalement, mâles ou femelles pour les fougères, ça ne voulait rien dire. Bref, je n'avais pas très bien compris le sujet.

Pour la fête des mères, nous avons réalisé une brouette de 40 centimètres de long en utilisant du contreplaqué pour faire le plateau. Nous avons dû construire les bras de la brouette avec des limes et des scies. La nouveauté consistait à faire le cadre de la brouette avec des petites boîtes d'allumettes que nous devrons vernir. J'ai impliqué mon grand-père dans la collecte des boîtes d'allumettes et il ne reste à ce jour que le vernissage à réaliser. J'espère que Maman sera contente.

J'attends d'avoir plus d'informations sur cette nouvelle idée.

- Vous devrez aller à la rencontre des Pluvignois. Discutez avec eux pour comprendre un peu leur cadre de vie, leur vie. Vous raconterez cette expérience à la classe à votre retour.

Me voici donc avec Bernard. C'est un très bon élève qui se bagarre avec Patricia pour occuper la première place. Il est passionné par tout ce qui touche à la Bretagne. Sa famille occupe une place importante dans le bagad. Denis et Laurence sont avec nous. J'ai de la chance. Je souris béatement.

- Ferme la bouche, tu vas gober des mouches, me dit Denis en se moquant gentiment de moi.

Laurence pouffe de rire. Je rougis.

Nous partons donc sans trop savoir ce que nous allons faire lorsque, tout d'un coup, j'aperçois mon chien qui se dirige vers moi. Il s'est encore échappé de la maison.

- Mais qu'est-ce que tu fais là ?

Il remue sa petite queue, très content d'avoir trouvé de la compagnie.

- Je n'ai pas le temps de te ramener à la maison.
- C'est pas grave ! Il peut rester, c'est un peu le chien de la commune, me dit Denis.

Nous voici donc à 5 pour effectuer cette interview mais je doute de l'efficacité de mon Youki.

Nous ne savons pas trop comment commencer mais Bernard aimerait bien que l'on demande aux personnes des informations sur le nom des gens et sur les noms des lieux-dits.

Nous rencontrons une première personne. Je lui explique ce que nous devons faire. Bernard pose sa première question.

- Pouvez-vous me donner un nom de quartier avec un nom breton et son explication ?
- Moi, j'habite rue des Martyrs, ce n'est pas breton. Je ne sais pas pourquoi ça s'appelle comme ça et je n'ai pas vraiment le temps de répondre à vos questions. J'espère quand même que vous trouverez ce que vous cherchez.

Youki ne cesse de vouloir jouer. Nous reprenons notre quête. Nous avançons dans le bourg. Je profite de ce moment pour déposer discrètement le chien à la maison. Nous arrivons devant la mairie. Les coups de marteaux résonnent chez le forgeron. Il est ouvert et bien occupé. Il travaille le fer pour réaliser des portails ou autres commandes. Les chevaux à ferrer sont devenus trop peu nombreux désormais dans la commune pour maintenir le métier de maréchal-ferrant. Nous le laissons tranquille avec ses marteaux mais Bernard est fasciné par les étincelles qui sautent vers le ciel à chaque coup de marteau. Il ne semble pas vouloir partir.

- Allons voir Jean-Marie Goasmat, il est en train de servir de l'essence. Peut-être que nous aurons plus de chance ! dit Denis en soupirant.

Nous lui expliquons notre recherche. Jean-Marie affiche un large sourire de sympathie.

- Vous savez les enfants, pour parler de la commune je ne suis pas le mieux placé mais si vous voulez, je peux vous parler de vélo.

- Avec plaisir ! répondis-je précipitamment sans laisser la possibilité d'avoir un avis contraire.

- Vous savez, j'ai fait plein de courses dans le pays. On m'appelle le farfadet de Pluvigner, venez voir.

- Pourquoi le farfadet ? demande Denis.

- C'est une bonne question, sans doute parce que je ne suis pas très grand et que je leur faisais de mauvaises farces à m'échapper du peloton tout le temps, dit-il en rigolant.

Il nous propose alors de rentrer dans le bistrot qui jouxte la station essence. Les coupes, médailles, fanions et photos sont nombreux. Ils forment l'essentiel de la décoration du café. Je lui demande alors,

- Vous avez fait le tour de France ?

- 8 fois. Bon, j'ai abandonné une fois mais j'ai gagné une étape lors de mon premier tour en 36. La 8ème étape. Grenoble à Briançon.

- C'est incroyable !

Nous sommes très admiratifs.

- Et ça, c'est quoi ? On dirait le drapeau italien.

- Oui, c'est ça, je suis allé en Italie pour faire le Giro. C'était très dur. Nous étions une petite centaine au départ de l'étape et à peine 50 à l'arrivée.

- Ça devait être difficile effectivement ! Vous êtes un vrai champion ! ajoute Laurence.

- J'ai quand même terminé 18ème. Sacrés Italiens ! C'étaient des costauds. Valetti, il était vraiment trop fort et les Italiens ont gagné toutes les étapes sauf une je crois.

- Et là c'est quoi ?

- Ça c'est drôle, ce sont des courses que j'ai faites en 42, pendant la guerre. Là, c'est le grand prix des Nations. J'ai gagné celui qui était en zone libre. C'est un autre Français qui a gagné en zone occupée mais vous ne devez pas connaître « Emile Idée ».

Nous pourrions passer des heures à écouter ces récits de courses. On a l'impression qu'il y est encore mais un client l'interpelle.

- Eh, Jean-Marie, tu me sers un ballon ?

Nous le laissons avec ce client impatient de consommer son premier verre de vin rouge à 10H30. Je suis pour ma part vraiment ravi de ce moment passé avec lui et nous le remercions avant de reprendre notre route. Il nous salue d'un geste amical alors que nous partons.

Nous connaissons tous Jean-Marie dans la commune car il donne le départ à la course cycliste qui porte son nom. Le cyclisme est présent partout mais je n'avais jamais pris le temps d'en savoir un peu sur ses courses alors que j'habite à 500 mètres de chez lui et que j'adore le tour de France. Je me sens un peu honteux de ce manque de curiosité.

- Bon c'était très intéressant mais nous n'avons rien pour l'instant pour faire notre projet, dit Bernard.

- Mais si, nous savons déjà quelque chose de plus sur une personne de la commune, réplique Laurence.

- Il nous reste peu de temps pour finir notre reportage. J'espère que nous aurons une nouvelle rencontre avant de rentrer.

Nous arrivons alors devant chez Guigner Le Henanff, le marchand de fleurs de la place Saint Michel. Nous le connaissons bien également mais il est occupé à charger sa camionnette. Bernard, qui le connaît encore mieux va vers lui :

- Bonjour Guigner !
- Ah bonjour Bernard, bonjour les jeunes ! Que faites-vous là ? nous demande-t-il avec sa voix grave.

Nous expliquons une nouvelle fois notre projet en laissant Bernard insister sur les aspects historiques de nos attentes.

- Ah, je regrette de ne pas avoir plus de temps car je dois partir livrer des fleurs et des plantes ce matin. J'aurais tellement de choses à vous dire.

Bernard est déçu, la tête penchée vers le sol, son projet semble s'écrouler.

- Je peux quand même vous dire 2 ou 3 trucs rapidement.

Bernard retrouve le sourire.

- Est-ce que vous connaissez l'origine de cette ville, le rapport entre mon prénom « Guigner » et Pluvigner ?

Nous n'avons pas le temps de répondre à son énigme qu'il commence ses explications.

- Un Prince irlandais !

Il laisse un moment de silence. Il s'amuse de nos regards perplexes et étonnés.

- C'était au 5ème siècle, ce prince s'appelait « Fingar ». Il était le fils du roi irlandais mais son nom m'échappe. Il s'est fait bannir lorsqu'il a été converti par St Patrick. Il s'est appelé alors Saint Guigner et a quitté l'Irlande pour venir s'installer ici. Après quelque temps, il a créé cette paroisse. Ploe, Guigner. La paroisse de Guigner

- Pluvigner. C'est donc ça, la paroisse de Guigner ! Je ne le savais pas, annonce Denis.

- Moi non plus et en plus « Guigner » c'est le nom de notre école, j'ajoute alors.

- Quelques années plus tard, il est retourné en Irlande à la mort de son père et a refusé son héritage pour se consacrer au développement du christianisme, complète-t-il en continuant de ranger sa camionnette.

- Et après ? demande Bernard.

- Eh bien, il s'est fait massacrer par ces foutus païens.

- Guigner, tu es encore là ? interroge sa femme.

- J'allais partir !

- Tiens, je t'ajoute une commande pour Kerdavid, c'est pour Madame Collet.

- Bon, je crois que nous avons beaucoup de choses à raconter en classe. Il est temps de partir, annonce Bernard.

Nous reprenons notre chemin avec toutes ces informations.

- Eh, Bernard, toi qui connais bien le breton, tu sais ce que ça veut dire « Ker », demande Laurence.

- Oui, Kerdavid, ça désigne un lieu, souvent c'est associé au nom d'une famille. L'endroit où habite la famille David par exemple.

- Moi aussi, je connais quelques mots, Ti Gwenn, la maison blanche ajoute Laurence.

- Moi, je connais « Penn » qui veut dire tête et « Yar » pour une poule, mon père dit ça tous les dimanches lorsqu'il coupe la tête du poulet, ajoute Denis en rigolant.

Laurence est écœurée.
- C'est dégoutant ! beurk.
Surpris, je demande alors,
- Pen Duick, le bateau de Tabarly, ça veut dire quoi alors ? Tête de canard ?
- La petite tête noire, répond Bernard.
- La petite tête noire ?
- Il s'agit d'un oiseau, complète Bernard.
- De quel oiseau parle-t-il ?

Nous restons sans réponse. Je pense à un cormoran pour la couleur mais pas pour la taille. Je n'ai pas d'autre d'idée. Je connais un copain qui est un passionné de papillons et d'oiseaux. Je lui en parlerai la prochaine fois.

- Je ne connais qu'un seul mot « Morbihan » pour petite mer, j'ajoute alors, bien triste de ne pouvoir me valoriser auprès de Laurence avec une connaissance si faible.

De retour à l'école, nous partageons nos rencontres en classe. Nous nous sommes rendu compte que la majeure partie du temps, les personnes avaient peu de connaissances de l'histoire du pays. Certaines rues étaient quand même connues de tous. La rue du général de Gaulle, la rue du Docteur Laennec qui est né à Quimper et a créé le stéthoscope sont souvent nommés. D'autres personnes sont restées plus évasives dans les réponses mais nous avons toujours été bien accueillis.

Le groupe de Philippe a rencontré monsieur Brizé, un passionné de crèches. Il leur a montré toute sa collection qui reste en exposition toute l'année. Cette collection a plus de 300 personnages. Certains bergers sont en costumes traditionnels bretons, basques ou d'autres régions de France. Elle occupe toute une partie du salon de la maison dans des paysages de campagnes.

Ça me semble vraiment extraordinaire et j'aimerais bien la voir un jour.

Un autre groupe a rencontré un taxidermiste qui leur a expliqué son activité dans une salle avec une odeur bien incommodante. Il empaille tous les animaux morts qu'on lui présente. Actuellement, il s'occupe de plusieurs oiseaux marins pour un musée dont un goéland et un cormoran. Il doit même prochainement livrer un renard et un corbeau à un client qui doit être fasciné par les fables de La Fontaine. J'ai eu de la chance, je n'aurais pas vraiment eu le cœur à entendre ça.

Le groupe suivant a rencontré une dame qui collectionnait des cartes postales. Trois cartes avaient retenu leur attention, une carte d'un sabotier, un métier un peu oublié, une carte où une vieille dame file de la laine avec son rouet, sa quenouille à la main. La dernière carte représente la place du marché de Pluvigner où une fête des mariages est organisée. A priori, plusieurs mariages étaient organisés le même jour et toute la population était invitée à la fête. Ça devait être bien. Toutefois, j'ai quelques doutes sur cette rencontre car sur le rayon des cartes postales que nous vendons au magasin, il me semble bien avoir vu ces images. Peu importe, c'est quand même intéressant de les entendre en parler.

Un autre groupe n'avait pas vraiment compris le sujet de la même façon que nous. Il est allé rencontrer les gendarmes de la commune. Ils ont visité la gendarmerie et sont entrés dans la seule salle avec des barreaux. Les gendarmes se sont bien amusés avec eux à priori.

Le groupe de Patricia a également eu de la chance. C'est un passionné de maquettes de bateaux qui sortait de la quincaillerie avec quelques pièces de bois qui a présenté son passe-temps. Il réalise ses maquettes en effectuant des recherches dans les archives départementales et régionales. Actuellement, il essaye de reproduire un bateau de pêche sardinier et sa maquette fera plus d'un mètre de long.

Cela me fait penser aux boîtes de sardines « La Quiberonnaise » que nous vendons à la maison.

Patricia précise qu'elle n'aime pas le poisson mais qu'elle a trouvé ça très intéressant. Ce maquettiste leur a conseillé d'aller voir les grandes maquettes de bateaux au musée de la Compagnie des Indes à Port-Louis.

J'écoute avec beaucoup d'attention le détail de cette rencontre et je prends note de ce musée que j'aimerais bien découvrir.

Nous sommes très fiers à notre tour de pouvoir parler de Guigner, de Jean-Marie et de quelques mots en breton que nous avons identifiés.

A la fin de nos partages, le professeur semble satisfait de notre travail. Il se frotte les mains, semblant content du résultat.

- Les enfants, je suis fier de vous. Vous avez tous fait de belles rencontres et j'espère que vous être contents de votre journée. Vous êtes de vrais journalistes désormais. Vous voyez que l'on peut trouver des gens très différents et très intéressants sans aller très loin.

Nous nous sommes vraiment bien amusés lors de cette drôle de journée. En rentrant à la maison, je regarde les différentes personnes que nous croisons en me demandant quel secret elles détiennent.

*

Le mois de juin va bientôt se terminer et nous sommes dans notre école pour la dernière semaine. Nous allons sans doute prendre des chemins différents pour poursuivre notre scolarité mais nous n'avons pas vraiment la tête à penser à ça.

Aujourd'hui, nous avons laissé nos cartables à la maison. Nos dos sont plus légers. Nous partons en promenade scolaire. Nous allons faire le tour du golfe du Morbihan.

Nous sommes tous très excités au moment de monter dans le bus et de rejoindre l'embarcadère d'Auray. Notre petit sac à dos avec notre sandwich, notre gourde d'eau bien fraîche, la casquette vissée sur la tête, nous sommes prêts pour cette nouvelle découverte.

Pour la plus grande majorité des élèves du car, ce sera une découverte.

Nous arrivons dans le petit port de Saint-Goustan à Auray, par la rive gauche. Le bus avance lentement et s'arrête avant même d'accéder à l'embarcadère. Nous descendons rapidement. De cet endroit, je ne connais rien si ce n'est sa mauvaise réputation et ses bagarres du samedi soir.

- Dépêchez-vous, dépêchez-vous sinon nous allons rater le bateau !

Nous avançons d'un pas rapide sans trop savoir où se trouve le bateau, sans prendre le temps de regarder le paysage.

- J'espère que vous n'avez rien laissé dans le car sinon vous retrouverez vos affaires en fin de journée à Locmariaquer.

- Nous ne revenons pas ici ? demande Patricia.

- Non, nous allons prendre une autre navette après le repas puis nous irons voir un dernier site avant de partir.

Alors que nous nous dépêchons, je suis surpris de découvrir ce site avec ses rues pavées et ce joli petit pont en granit. Les maisons sont assez étonnantes. Nous n'avons pas de maisons comme ça dans la commune. Ces maisons à colombages sont très pittoresques et semblent instables. Je passerais bien un moment là à regarder l'eau passer sous ce pont.

- Dépêchons, dépêchons, nous sommes en retard !

Je vois plusieurs cafés mais à l'angle de la place, un nom attire mon attention « Bar Franklin ».

Ce nom m'intrigue car j'ai dans mon album de timbres quelques timbres des Etats-Unis dont un que j'ai regardé longuement. Un timbre vert de 1 Cent. Il est écrit sous le portrait « FRANKLIN » et autour du portrait « UNITED STATES POSTAGE ». J'avais fait quelques recherches dans les livres d'histoire puis découvert qu'il était l'un des pères fondateurs des Etats-Unis ainsi que l'inventeur du paratonnerre. Il était venu en France au 18ème siècle pour avoir de l'aide afin de gagner la guerre d'indépendance contre ces foutus Anglais.

Je me demande si ça a un rapport avec lui ou si c'est le nom du patron du bar car je vois mal un vaisseau traverser l'atlantique pour venir accoster ici. Franchement, à bien y réfléchir, cela me semble peu probable. Je préfère ne pas me ridiculiser devant les copains par cette hypothèse farfelue. Je rigole intérieurement de cette idée mais j'en parlerai ce soir à la maison.

- Dépêchez-vous. Bon, nous arrivons, c'est juste là !

Nous avons des billets pour pouvoir faire le tour du golfe en prenant les navettes en fonction des heures de passages et de nos destinations mais le départ suivant est dans une heure. Cela nous mettrait en retard sur le programme de la journée.

La navette est à quai. Nous entendons le clapotis des vagues sur la coque du navire. Le fond de l'air est encore un peu frais avec cette légère bise matinale. Les volets bleu marine commencent doucement à s'ouvrir. Quelques algues dérivent tranquillement comme des navires quittant le port.

Depuis le quai d'embarquement, nous apercevons le port aux doux reflets dans une eau encore calme.

Toute la berge opposée est encore à l'ombre de la roche. La végétation englobe le site dans un écrin protecteur. Nous n'avons pas un seul nuage. L'air est pur. Tout est tranquille.

Quelques petits voiliers sont encore amarrés mais déjà les petits équipages sont sur le pont à vérifier les cordages et matériels.

Un premier pêcheur à la ligne est déjà attentif aux premières réactions de son fil de pêche.

Finalement, nous attendrons 15 minutes avant de monter à bord.

Cette navette n'est pas très grande mais devrait pouvoir accueillir les 25 élèves de la classe. Nous rentrons rapidement pour essayer d'avoir la meilleure place et être avec un copain sur les bancs intérieurs de la navette. Nous sommes pratiquement les seuls mais il reste encore quelques places.

Le moteur se met en route bruyamment. Une odeur de fuel entoure notre navire. Une fumée noire nous signale notre départ.

Je suis assis à côté de Yves, c'est l'un de mes meilleurs copains de foot. Je le retrouve régulièrement chez les scouts ou pour d'autres activités. J'aime bien passer du temps avec lui, il a un sacré caractère. Il n'hésite pas à dire ce qu'il pense et faire ce qu'il aime. Il est assez petit, sans doute le plus petit de nous, mais au football, il utilise ça comme un avantage puisqu'il dribble ses adversaires avec insolence. Il est sans doute l'un des meilleurs buteurs de l'équipe. Il a une approche de la vie, de la nature assez différente des autres. Il prend le temps de l'observer. C'est un vrai passionné.

Nous avançons assez rapidement avec la marée descendante. Nous sommes déjà au port du Bono et le cours d'eau est déjà beaucoup plus large.

- Notre première étape, ce sera Gavrinis !
- Gavrinis ? C'est quoi ? demande quelqu'un dans le bateau alors que nous venons de laisser ce petit port.
- C'est un tumulus !

Nous regardons les paysages défiler tranquillement sous nos yeux. Les parcs à huîtres commencent à apparaître à fleur d'eau. La proximité des berges laisse apparaître la vase d'un gris profond contrastant avec le vert des pâturages et le bleu du ciel.

Quelques mouettes saluent notre passage par quelques cris de bienvenue à moins qu'elles ne piaffent d'impatience devant cette marée qui ne descend pas assez vite.

Le capitaine de notre navette nous explique les différentes îles devant lesquelles nous passons. Il salue quelques plaisanciers avec son micro.

- A votre gauche la pointe du Blair, puis juste à côté vous pouvez peut-être apercevoir les 7 îles. A marée basse, c'est possible d'y aller à pied et ce n'est plus une île alors, dit-il avec le sourire, satisfait de sa pertinente remarque.

Nous cherchons cette île, ce passage mystérieux mais la mer est encore trop haute.

- De l'autre côté, c'est Locmariaquer. Nous quittons définitivement la rivière d'Auray pour rentrer dans le Golfe du Morbihan, ajoute-t-il déjà.

- Je vois que j'ai aujourd'hui un équipage de marins à mon bord. Je suppose que vous êtes de la région. Vous savez donc ce que veut dire Morbihan mais savez-vous comment on définit la mer qui se trouve de l'autre côté du chenal.

Bernard ne résiste pas une seconde avant de répondre.

- C'est « Mor Braz » !

- Je vois que nous avons un spécialiste. dit-il déçu de ne pouvoir mettre sa connaissance en avant. Il est déjà convaincu qu'une autre question de ce type serait vaine pour pouvoir se mettre en avant.

Les îles se suivent mais ne se ressemblent pas. Le soleil offre à la mer des paillettes d'or qui font scintiller le gris bleu de ce miroir troublé.

Ces reflets dorés nous donnent l'impression de naviguer sur une rivière magique, de nous amener vers un autre monde.

Notre instituteur est sorti de la cabine pour avoir un moment de quiétude. Il regarde depuis la poupe du bateau les berges de la rivière.

- Nous arrivons à Larmor-Baden. Bientôt nous passerons devant l'île Longue avant d'arriver à votre première étape de l'île de Gavrinis.

Un peu frustré, il décide toutefois de se lancer sur un nouveau sujet.

- Nous ne pourrons pas voir Vannes car c'est au fond du golfe. Je vous rappelle que les Vénètes, ces guerriers celtes, avaient leurs villages dans le golfe. Leur puissante flotte était redoutée par Rome et …

Il n'eut pas le temps de finir sa phrase.

- Oui mais on a perdu, ajoute Jean-Yves dépité.
- Tout ça à cause du vent, si c'est pas croyable ! ajoute Michel.
- Ah bon ? demande Laurence.
- Oui, on avait des bateaux en bois massif beaucoup plus costauds, plus rapides et plus nombreux que ceux des Romains, dit Jean-Yves qui a l'air d'être fasciné par cette histoire.
- Avec le vent on était les meilleurs. On allait gagner la bataille, complète avec conviction Michel.
- Oui, les costauds, c'est nous. s'exclame Eric en se mettant debout puis en montrant ses muscles.
- Et les plus malins aussi, ajoute Régis qui par sa petite taille veut être comparé à Astérix.
- A bas les envahisseurs ! s'écrient Cédric et Jean-François qui se lèvent également en montrant des bras vengeurs.
- Les Romains ont commencé par fuir mais le vent a commencé à faiblir. Ils ont alors fait demi-tour. Les Vénètes étaient foutus, ajoute Jean-Yves dépité, le regard triste.
- On va pas se laisser faire, déclare Michel en montant sur un banc pour redonner le moral à Jean-Yves.

J'ai l'impression d'y être, de vivre l'instant. La scène prend vie. Nous sommes revenus à ce moment de la bataille. Nous sommes des Celtes, nous sommes les Vénètes, nous sommes des guerriers !

- Attention ça va chauffer ! Regardez une galère romaine coule déjà, annonce Stéphane en montrant un point à l'horizon.

- Et là, une autre galère ! j'ajoute alors en désignant un voilier qui passe à proximité. Il nous fait des grands bonjours, provoquant ainsi une réaction en chaîne,

- Il nous nargue ! Préparez-vous à l'abordage ! reprend Stéphane.

- Je suis prêt ! tonne Cédric avec ses joues déjà rouges, en donnant un coup de hache dans le vide.

Les filles nous regardent en souriant, n'osant pas entrer dans cette folie.

- J'ai une hache, je vais leur courir après ! s'exclame à son tour Christine.

Nous la regardons avec étonnement dans un moment de silence !

- Ben quoi ? les filles, euh, les femmes aussi allaient au combat ! ajoute-t-elle sur un ton péremptoire, les bras croisés puis en levant soudainement son menton vers le ciel.

- Hissez les voiles ! crie Patricia pour soutenir sa copine et inciter les autres filles à rejoindre la bataille.

Michel fait alors semblant de prendre une arme puis s'écrie :

- Tous à l'abordage ! provoquant une adhésion immédiate du groupe.

Nous sommes désormais tous debout, le bras en l'air, portant d'imaginaires armes de combat. Nous sommes prêts à en découdre avec nos ennemis imaginaires et à crier en chœur,

- Tous à l'abordage !

Le capitaine est débordé par la situation. Il préfère ne rien dire. Le maître revient dans la cabine, regarde avec stupéfaction cette drôle de situation avec étonnement.

- Que se passe-t-il ?

Le capitaine de cette modeste vedette répond alors :

- Non rien, les Romains ont coulé !
- Pardon ?

Nous sourions de la bienveillante complicité de notre capitaine qui discrètement nous fait un clin d'œil.

- Ça va, rien de particulier, c'est l'air de la mer. Ils sont un peu excités, c'est tout. J'ai juste l'impression d'avoir eu une bataille historique à mon bord mais la tempête s'est calmée. D'ailleurs, je crois que je vais rebaptiser mon bateau « Les Vénètes », dit-il en souriant.

Notre instituteur ne comprend pas vraiment la teneur de ses propos et retourne prendre l'air au calme.

- Ben alors ! Pourquoi cette défaite ? demande plus posément Patricia.

Nous nous rapprochons pour entendre les réponses de Jean-Yves.

- La bataille a eu lieu en mer. Malheureusement, le vent est tombé !
- Et alors ?
- Ben quoi et alors ! Les Romains avaient des embarcations plus maniables. Ils sont revenus en ramant autour de nos bateaux, enfin autour des bateaux des Vénètes. Ils ont coupé les voiles puis les cordages des bateaux avec de grandes perches. Ils les ont massacrés les uns après les autres avant de s'attaquer aux villages. Et voilà, plus de Vénètes ! Terminé !
- Des coléoptères, des crétins des Alpes, des Bachibouzouks. Voilà tout ! ajoute Yves.
- Sacrés Romains, dit alors Denis.
- Foutu Jules ! Ils sont fous ces Romains ! complète Régis en rigolant, provoquant l'hilarité générale.

Le capitaine essaye alors de reprendre la parole pour conclure cette histoire qu'il aurait aimé raconter d'une autre manière.

- Tout cela est exact mes jeunes loups de mer !

Notre instituteur revient à nouveau.

- Monsieur l'instituteur, vous avez de sacrés élèves mais j'ai juste une précision qui va certainement vous intéresser les enfants. Il semblerait que cette bataille ait eu lieu entre Port Navalo et St-Gildas-De-Rhuys mais ce n'est pas prouvé à ce jour.

Jean-Yves restait contrarié par cette histoire.

- Nous arrivons à Gavrinis. J'espère que vous ferez une belle visite. Le départ du bateau est dans une heure, avec ou sans Vénètes à bord. Il partira vers l'île aux Moines, ajouta le capitaine en souriant.

Il nous regarde avec bonheur, heureux d'avoir vécu cette extraordinaire bataille en notre compagnie. Il nous remercie toutefois en nous jouant un dernier tour de malice.

- Merci de descendre à bâbord !

Cela laisse perplexe la majeure partie du groupe. Comme à chaque fois, je me demande si c'est à droite ou à gauche.

Nous descendons sur le ponton de cette île qui n'est pas très grande mais qui a un promontoire. Un chemin en pierre permet d'y accéder.

- Qui veut faire la course avec moi, demande Christine.

- J'ai mal au mollet, répond Michel.

- Moi, j'ai pas envie, ajoute Jean-Yves.

- Pfff, tant pis pour vous ! Je vais gagner, répond Christine qui s'élance à toute vitesse vers le monticule de terre.

Nous ne la voyons déjà plus.

Le groupe arrive quelques minutes après devant le monument. Il est assez impressionnant. Je trouve ça improbable comme endroit pour construire un tel édifice.

En arrivant sur le site, j'ai également remarqué comme plusieurs autres élèves que certains menhirs sont en partie immergés.

- Qui est déjà venu ici ? demande notre instituteur.

Aucune main ne se lève.

- Eh bien comme ça, mes explications seront pour tout le monde.

Nous nous rapprochons.

- Nous sommes sur l'île de Gavrinis, quelqu'un sait ce que ça veut dire ?

Bernard est le seul à lever la main.

- J'ai un doute mais je crois que c'est l'île de la…

- Des chèvres ! l'interrompt Patricia en rigolant pour lui voler la vedette.

- C'est exact, c'est l'île de la Chèvre, répond notre instituteur.

Je ne sais pas si elle a dit ça pour nous rappeler notre jeu dans la cour de récréation ou parce qu'elle avait réellement la réponse.

Bernard n'est pas vraiment content. Il fronce les sourcils en la regardant. Elle lui adresse un sourire taquin qui le laisse perplexe et pantois.

- Tout ça pour une chèvre, elle avait un sacré terrain et un drôle d'abri ! ajoute Régis content de sa bonne blague que notre instituteur fait semblant de ne pas entendre.

- Cette construction date du Néolithique. Vous vous souvenez de ce que nous avons regardé à l'école ?

L'échelle du temps et l'évolution de l'homme ? Cette construction a au moins 6000 ans.

- Ben, elle a dû en voir passer des chèvres, murmure Régis.

- Régis, un commentaire ? demande l'instituteur.

- Non, non, ça va. Mais les menhirs qui sont dans l'eau juste là-bas, c'était au même moment ? Pourquoi sont-ils dans l'eau ?

- C'est une bonne question.

Régis est satisfait de sa question trouvée in extremis.

- A cette époque, le Golfe ne devait pas exister. C'étaient sans doute des forêts ou des champs mais avec le temps et la fin de l'ère glaciaire, c'est devenu une mer, une petite mer d'où le nom « Mor Bihan ».

- Ben en tout cas, c'était pas une clôture pour les chèvres, ces menhirs dans l'eau, chuchote avec malice Régis à son voisinage.

- Un complément Régis ? demande notre instituteur.

- Non, je comprends mieux maintenant, répond-il.

Notre instituteur poursuit ses explications.

- Le monument devant nous s'appelle un cairn. Comme sur pratiquement tous les monuments de la région, une chapelle ou une église était construite dessus ou à sa place. Sans doute pour faire disparaître les coutumes païennes.

- Oui, comme à Carnac ? demande alors Laurence.

- Oui, c'est exact. Vous pouvez le constater lorsque vous allez visiter la région. Aujourd'hui, celle-ci a disparu. Nous allons rentrer par petits groupes à l'intérieur. Vous verrez des formes sur les pierres du couloir principal avant de rejoindre la grande salle au fond, la chambre funéraire. C'est un peu comme les pyramides. Attention à vos têtes !

Il allume alors la torche qu'il a pris soin d'apporter avec lui. Il accompagne un premier groupe dans les entrailles de ce monument.

J'étais impatient d'en découvrir l'intérieur. Le premier groupe sort enfin. Il semble ravi. Je rentre à mon tour dans ce couloir sombre la tête penchée vers le sol et la main orientée vers le plafond.

- Regardez ici, vous voyez les formes sur ces pierres ? demande notre instituteur.

- Aïe, je me suis cogné la tête, dit Eric passablement agacé par la petitesse de ce couloir.

Nous pouffons de rire.

- Vous sentez ces reliefs ? reprend notre instituteur.

Je m'interroge en passant la main sur ces reliefs.

- Oui on dirait des vagues ? Ça veut dire quoi ces courbes ?

- Là, je vais avoir du mal à répondre à cette question car pour l'instant, ça reste un mystère.

- En tout cas, c'est joli.

- Allons vers la grande salle.

Cette salle nous permet de nous tenir debout et d'avoir un véritable espace pour notre groupe. Au plafond, nous remarquons d'énormes blocs de pierre qui sont justes posés sur les dalles qui constituent cette pièce.

- Vous voyez cette grosse pierre au-dessus de vos têtes, elle doit peser plusieurs tonnes. Il ne faudrait pas qu'elle se détache.

Nous sommes restés longtemps dans ce monument mais deux groupes ne sont pas passés lorsque la sirène de bateau retentit.

- Ce n'est pas grave, nous prendrons la prochaine vedette puisque nous avons un peu de temps. Il est déjà

12h, je vais terminer les visites et nous mangerons. Vous pouvez déjà vous installer.

Déjà quelques groupes se constituent pour faire le tour de l'île ou pour manger. Cette île n'est pas grande mais j'ai envie de voir le point de vue.

Yves et Denis m'accompagnent. Après quelques mètres, Denis s'arrête tout d'un coup. Il nous indique de nous arrêter.

- Regardez ! Il est costaud ce goéland, on dirait un dindon !

Un goéland argenté marche devant nous sans nous regarder comme s'il nous accompagnait dans notre promenade.

- Ça va pépère ? Tu veux un sandwich ou quoi ? demande Yves.

Yves se penche vers son sac puis sort une paire de jumelles au plus grand désespoir de notre compagnon qui s'envole sans demander son reste.

- J'espère que nous allons voir quelques oiseaux de l'autre côté !

Nous avançons doucement vers notre objectif en redoutant de faire fuir quelques oiseaux craintifs.

- Regardez ! En bas sur le sable, vous voyez ces oiseaux ?

Nous les regardons attentivement.

- Oui, ils sont rigolos ces petits oiseaux sur leurs longues pattes rouges, le bec en avant à se déplacer en groupe. On dirait des militaires qui chargent le sabre à la main.

- Ce sont des chevaliers gambette de la famille des limicoles, déclame Yves.

- Ben, tu en connais un rayon, dit Denis.

- Tu sais, je suis au club d'ornithologie. C'est plus facile. Et puis, j'ai déjà regardé dans mon livre ce que l'on peut voir par ici. D'ailleurs, j'ai un livre sur les oiseaux de mer avec moi. Regardez ! justifie-t-il modestement.

- Et celui-ci ? Le noir et blanc, tu le connais ? Il a des longues pattes rouges, un bec recourbé. On dirait qu'il marche sur des œufs.

- Une avocette je suppose mais je vais vérifier !

Denis est plongé dans le livre, fasciné par tous ces oiseaux. Moi, je préfère les regarder à la jumelle et tant pis si je ne connais pas leurs noms.

- François, tu peux me passer les jumelles ? je viens d'apercevoir un oiseau particulier.

A contre cœur, je lui redonne ses jumelles.

- C'est celui que j'espérais voir ! Le cormoran huppé. Il est vraiment trop beau ! Tiens, regarde François.

- Il est vraiment très noir ! Il ne bouge pas !

- Il est peut-être empaillé ! rigole Denis.

- Et il devrait aller voir son coiffeur lui aussi ! dis-je alors en rigolant de plus belle.

Sur la plage, quelques bécasseaux avec leurs poitrails blancs et leurs plumages tachetés de marron se promènent en groupe puis perturbent la marche ordonnée des chevaliers.

Plusieurs sternes facilement reconnaissables avec leurs têtes partiellement noires et leurs becs rouges survolent la mer. Nous continuons pendant de longues minutes nos observations avant de retrouver notre groupe. Yves a l'œil pour identifier un gravelot par-ci, une autre espèce de sterne par-là. Il semble satisfait de ses observations de la journée.

- C'était chouette ! dit-il.

- Plutôt cormoran, répond Denis pour nous faire rigoler avec succès.

Alors que nous commençons notre repas, un bateau arrive pour accoster.

- Dépêchez-vous ! Dépêchez-vous, le bateau arrive, il va partir dans 15 minutes. Vous étiez où ? demande notre maître sans attendre notre réponse.

A peine installés, nous devons engloutir notre déjeuner et rassembler nos affaires. Bernard est également empêtré dans l'ouverture de sa boîte de sardines nécessaire à son sandwich.

- Zut, j'ai de l'huile plein les doigts. Je ne vais quand même pas les laver dans la mer ? Ce serait dégoûtant pour les oiseaux !

- Oui, tu as raison. Tiens ma serviette de table, dis-je alors.

- Merci ! Oui.

Nous quittons trop rapidement ce lieu à mon grand regret en ne laissant aucune trace de notre passage, pas même une trace d'huile dans la mer.

Nous avons un nouveau bateau et un autre capitaine.

- Nous allons faire le reste du voyage dans ce bateau mais visiter rapidement l'île aux Moines. Nous retrouverons notre car à Locmariaquer pour visiter un dernier site, annonce notre maître.

Une mouette rieuse s'installe à la proue de la navette. Elle semble vouloir y rester pour profiter gratuitement du trajet, du point de vue et des embruns.

Les parcs à huîtres sont désormais complètement à découvert. Les ostréiculteurs retournent les poches à huîtres disposées sur des cadres métalliques.

Nous croisons la route de quelques sinagots, ces vieux gréments aux voiles de couleur rouille avec de belles coques bleu marine qui étaient utilisés autrefois pour la pêche à la crevette.

Ils avancent sereinement d'île en île, donnant l'impression de maîtriser chaque courant et marée sans la moindre inquiétude. Nous les saluons avec admiration. Ils nous retournent des salutations de connivence.

Quelques voiliers blancs plus modernes filent beaucoup plus rapidement dans la baie. Ils enchaînent les manœuvres pour profiter au mieux du vent afin de parcourir ainsi rapidement cette baie. Ils prennent quand même le temps de nous saluer lorsqu'ils se rapprochent avant de disparaître très vite de notre vue.

Déjà, nous accostons à l'île aux Moines. Les mimosas sont fanés depuis longtemps mais les maisons sont bordées d'hortensias et de camélias en fleurs.

Nous nous promenons sur quelques sentiers entourés de murets en pierres de granit. Quelques roses trémières et agapanthes les compliment en se penchant vers elles au gré de la légère brise. Sur une plage, quelques barques aux couleurs délavées semblent échouées dans la vase comme si elles avaient abusé du chouchen de la région. Couchées sur le côté, elles essaient pourtant d'avoir une fière allure mais ne bougent pas d'un centimètre.

Quelques pêcheurs à pied ramassent des moules qui s'accrochent désespérément à leur rocher et le goémon crépite légèrement par endroits.

Nous déambulons au travers des quelques rues de la ville à la recherche d'un nouveau trésor. Avant de reprendre notre vedette, la quête d'une glace à l'eau devient un impératif pour tout le groupe. Nous aurons à peine le temps de les acheter que déjà nous entendons,

- Dépêchez-vous, dépêchez-vous, nous allons être en retard ! Vous n'entendez pas l'appel du bateau ? Dépêchons ! Dépêchons-nous !

Alors nous nous dépêchons, mais pas trop vite.

Notre dernier voyage nous amène à Locmariaquer. La marée remonte déjà depuis un moment, les parcs à huîtres recommencent à être recouverts. Sur quelques barges à fond plat, plusieurs sacs d'huîtres sont déposés pour être transportés vers d'autres sites ou bassins.

Quelques canards se promènent en famille. Un goéland a l'air de s'acharner sur une moule pour en faire son festin. Une aigrette perchée sur un vieux pieu en bois recherche une nouvelle proie.

Nous arrivons dans le port où quelques chalutiers attendent de repartir en mer pour une nouvelle pêche. L'odeur de la mer est plus forte, on sent un peu plus l'iode et les algues.

- Regardez, regardez, un sardinier ! s'exclame Patricia.

Nous regardons l'origine de cette exclamation et nous nous souvenons de nos interviews. Je me retourne alors vers Yves.

- Tu ne connaîtrais pas un oiseau avec une petite tête noire ?

- J'en connais plusieurs, la mésange noire, le merle, la fauvette, avec un peu de blanc, tu as la bergeronnette grise, sinon tu as aussi…

Je l'interromps dans sa déclinaison d'oiseaux avant de perdre la tête.

- Tu sais, le bateau de Tabarly s'appelle Pen Duick, ça veut dire petite tête noire et je cherche à l'identifier.

- Alors là, je ne sais pas. Si c'est un oiseau de mer, je ne vois pas, mais sinon j'aurais une préférence pour la mésange noire.

Nous arrivons dans un champ bordé d'ajoncs. Devant nous, tapis à même le sol, plusieurs blocs de granit sont disposés étrangement. En regardant de plus près, nous nous apercevons qu'il s'agit en fait d'un seul bloc cassé en 4 parties.

- A l'assaut ! crie déjà quelqu'un dans le groupe.

Ces énormes blocs de pierres, tout comme l'autorité de notre instituteur, seront vite submergés par notre enthousiasme et notre énergie. A plus de deux mètres de haut, debout sur ces pierres, nous sommes de valeureux et impétueux Gaulois. Nous fixons l'horizon comme pour défendre notre position et identifier les éventuels agresseurs.

Perchés sur ce menhir, nous nous rendons bien compte de son imposante taille.

- Il doit bien faire 20 mètres ce menhir si on recolle les morceaux, plaisante Régis.

- Venez par ici, je vais vous expliquer, entendons-nous de notre professeur nous demandant ainsi de relâcher notre pauvre victime qui ne se relèvera pas de sitôt.

- Régis, tu as raison, ce grand menhir mesure environ 20 mètres de haut, 3 mètres de large et plus de 300 tonnes.

- C'est vraiment impressionnant, répond Régis.

- Pourquoi est-il tombé ? demande Laurence.

- Avec le temps, le sol a dû bouger, on parle aussi de la foudre qui serait à l'origine de sa chute mais on ne sait pas vraiment. Vous savez que ce menhir était visible en pleine mer. Les Grecs le mentionnent même dans leurs récits.

A côté de ce pauvre menhir brisé, un monticule de terre recouvre un cairn. Une entrée étroite et basse est à peine visible.

- Vous regarderez bien les motifs sur les murs du couloir. Vous verrez un motif particulier au plafond de la grande salle. Il semblerait que ce soit une charrue, précise notre instituteur.

Chaque groupe visite cet imposant monument mais cette belle journée touche déjà à sa fin. Nous reprenons le car du retour vers la maison, contents d'avoir découvert ensemble notre environnement et une partie de notre histoire.

De retour à la maison, mes parents me demandent.

- Alors, c'était comment cette journée. C'était intéressant ?

- Oui, mais nous avons passé notre temps à nous dépêcher.

Chapitre 10

L'école est terminée depuis quelques jours. Je ne réalise pas vraiment que mes copains, qui m'ont accompagné depuis la maternelle, vont partir vers d'autres horizons.

Je n'ai pas vraiment le temps de me poser des questions. Mes parents ont eu la bonne idée de m'inscrire au centre aéré de la gare d'Auray encore une fois. J'y vais depuis quelques années. J'aime bien les animateurs, les sorties avec les copains ainsi que les frites grasses de la cantine.

Cela fait déjà une semaine que je prends le car avec plusieurs autres enfants de la commune. Yves et Jean-Yves sont avec moi mais nous nous sommes faits de nouveaux amis.

Aujourd'hui, nous allons faire le jeu des vies dans la forêt proche du champ des Martyrs. Cela va changer de notre dernière fabuleuse chasse au dahu. Tous les groupes de 9 à 11 ans vont participer au jeu.

Pour jouer, nous avons des morceaux de tissu d'une vingtaine de centimètres de long pour 2 centimètres de large. Nous devons les fixer dans notre dos, au niveau de notre short et essayer d'attraper cette pièce de tissu à nos adversaires. Ce tissu symbolise une vie. Nous avons 3 vies. Généralement, plusieurs équipes sont constituées. Chaque équipe doit protéger son drapeau mais aussi prendre celui des autres équipes. Lorsque nous croisons un adversaire, nous devons faire un duel.

Le perdant devra retourner à son camp.

Je ne connais pas le champ des Martyrs mais Etienne, notre moniteur, va nous accompagner. Il a une vingtaine d'années. Il me fait un peu penser à Jean-Paul avec ses cheveux longs jusqu'au cou. Il gère sa petite troupe de 12 jeunes garçons plutôt bien car l'entente est très bonne.

Arrivé au champ des Martyrs, je suis surpris de découvrir un grand espace de verdure et un monument qui ressemble à un temple romain. Ce bâtiment a 4 grandes colonnes en façade. Sur le fronton sont inscrits des mots en latin. La salle principale n'est pas accessible et personne ne semble connaître cet endroit.

Nous sommes plusieurs à essayer de comprendre l'origine de cet édifice lorsqu'Etienne se rapproche de nous.

- C'est quoi ce monument ? lui demande Ronan mon nouveau copain. Il est de la ville d'Auray et son père possède un magasin de photos.

- Je ne suis pas professeur d'histoire mais je peux vous donner quelques explications sur ce site. Vous avez déjà entendu parler de la Révolution française, des Chouans ?

- Oui, mais c'est compliqué. Moi je mélange un peu tout ! Répond Ronan.

- Je sais que les Chouans avec Cadoudal soutenaient la monarchie contre les Républicains mais on a perdu ! ajoute Jean-Yves d'un air mélancolique.

Je le regarde en souriant, en me souvenant des Vénètes.

- Je vois que vous connaissez déjà pas mal de choses, acquiesce Etienne.

Jean-Yves ajoute alors :

- Les Anglais ont débarqué au moins 4000 personnes à la pointe de Quiberon pour rejoindre les Chouans. C'étaient des nobles et des réfugiés de la révolution.

Dans un second temps, ils ont réussi à reprendre la presqu'île de Quiberon aux révolutionnaires puis à tenir la position du fort de Penthièvre. C'était une vraie victoire ça ! En plus les navires anglais les protégeaient depuis la mer avec leurs canons.

- Et après ?
- Ben après, ils ont été encerclés par le général Hoche avec ses 15 000 hommes. Dans le fort, quelques soldats avaient été enrôlés de force par les Chouans. Ils ont changé de camp. Hoche a attendu qu'une tempête éloigne les Anglais avant d'attaquer en silence, la baïonnette au canon. Ils les ont pratiquement tous arrêtés mais Cadoudal a quand même réussi à fuir avec ses troupes, dit-il avec satisfaction.

Etienne intervient alors.

- En fait, beaucoup ont également été fusillés, plus de 200 royalistes. Ce bâtiment repose sur les ossements qui ont été retrouvés dans les marais de la région.
- Encore un massacre ! dis-je alors avant de demander quelques explications supplémentaires à Jean-Yves.
- Et Cadoudal dans tout ça ?

Jean-Yves reprend alors son récit.

- Cadoudal avait constitué une très grande armée de 20 000 hommes de la Bretagne jusqu'à la Vendée. Il a essayé de contrer les Républicains.
- A priori, ça n'a pas marché !
- Il y a eu plusieurs batailles, une très grosse bataille autour de Vannes, puis un peu partout dans le Morbihan. Il recevait des armes et des munitions des Anglais. Il a tenté de renverser le pouvoir par une tentative d'assassinat de Napoléon. Du coup, Napoléon a décidé qu'il fallait en finir, qu'il fallait l'attraper mort ou vif !

- Je savais bien que c'était très compliqué cette histoire ! s'exaspère Ronan.
- Oui bon ! A la fin, Cadoudal s'est fait attraper. Il s'est fait décapiter ! Voilà pour faire simple, ajouta Jean-Yves passablement agacé car il avait tellement de choses à raconter sur Napoléon Bonaparte, sur les Chouans.

Etienne intervint pour lancer le jeu de l'après-midi. Il rappelle les règles.

- Chaque équipe peut choisir son nom !

Je ne sais pas pourquoi mais les équipes s'appelaient Chouans, Cadoudal, Napoléon, Hoche. Chacune défendit au mieux son drapeau. Cette fois-ci, les armées de Napoléon et de Hoche connurent une très lourde défaite. Les Chouans avaient gagné. Jean-Yves, le sourire aux lèvres, tenait sa revanche !

*

Depuis quelques jours, les Jeux Olympiques de Montréal et le tour de France sont lancés mais je ne peux malheureusement pas suivre les épreuves. Papa me raconte les étapes du tour de France ainsi que les quelques épreuves qu'il a réussies à voir. Il semble déçu.

- Ça ne se passe pas bien les Jeux Olympiques ?
- On avait une bonne chance de médaille avec le 110 mètres haies mais Guy Drut ne semble pas au mieux. Ce sera déjà bien s'il passe en finale.
- Pourtant, il a le record de vitesse, non ?
- Oui, mais avant même de commencer ces jeux, il était malade.

- Et pour le tour de France, tu crois qu'il va gagner Thévenet ?
- Pour l'instant, ça va, mais il n'a pas l'air au mieux lui non plus. Tu peux m'aider sur le concours ?
- Quel concours ?
- Ben, le concours Ouest France comme tous les ans. Tu sais, celui avec les énigmes à trouver.
- Ah oui bien sûr ! Je m'en souviens bien, l'année dernière nous étions allés dans une réunion à Pontivy où tout le monde essayait de trouver combien il y avait de pâtes dans le sac qui était présenté sur une photo.
- Oui, sur cette question, je me suis bien trompé d'ailleurs.
- Dans la salle des sports, il devait y avoir au moins 500 personnes !
- Au moins, c'était sacrément animé.

Je regarde alors l'énigme du jour. Il s'agit d'une photo d'une partie d'une forme granuleuse.
- Je ne vois vraiment pas ce que c'est ! Une photo d'une omelette en gros plan ?
- Bon, je vais réfléchir. J'irai à la réunion organisée dans la commune à la fin du mois si jamais je n'ai pas la moindre idée.

Quelques jours plus tard, au centre aéré nous partons en bus pour visiter un musée.
- Aujourd'hui, nous allons à Plouharnel, avec plusieurs autres groupes du centre aéré. Nous devons visiter le seul musée au monde qui se trouve dans un galion, annonce Etienne.

J'interroge Etienne.
- Un Galion ? pour de vrai ? Un galion de l'invincible Armada espagnole ?
- Non, non, c'est une reproduction. Tu verras bien.

Après une petite demi-heure de route, nous arrivons devant ce navire de guerre. Effectivement ce n'est pas un vrai galion, mais il est vraiment très bien fait. Nous sommes tous conquis et impatients de monter à son bord.

Depuis que j'ai construit ma maquette de voilier l'année dernière, je connais un peu mieux la constitution des bateaux tout comme leur vocabulaire si spécifique. Ce galion repose directement sur le sol. Il n'a pas de quille. Il me semble peu probable qu'il puisse flotter. Avec son mât de Misaine, son Grand mât et son mât d'Artimon, il pourrait être en mesure de voguer. Il pourrait même espérer quitter son socle terrestre par gros vent. Il faudrait à minima équiper les vergues de hunier, cacatois, perroquet et fixer au beaupré un grand foc pour lui donner toutes ses chances. Qui sait ? Peut-être qu'un jour, il réussira à partir vers d'autres horizons.

A la poupe du bateau, la taille de la cabine du commandant est impressionnante. La décoration extérieure est éblouissante avec ses dorures. Elles scintillent de mille feux sous les rayons du soleil.

Au milieu du bleu royal de la partie supérieure de la proue, une couronne dorée surplombe un blason de couleur rouge vif. Il est soutenu par 2 lions debout sur le nom prestigieux de ce bateau « LE GALION »

Un énorme drapeau français de la royauté, tout de blanc vêtu, flotte au vent pour signifier qu'il reste peut-être un espoir avec la chouannerie.

Les 10 canons à bâbord et tribord sont sortis. Ils menacent des éventuelles agressions des terres ennemies.

La capacité d'accueil des visiteurs pour ce galion n'est pas très importante. Nous devons attendre plusieurs minutes avant de monter à son bord par la passerelle.

- Tu as un briquet ? Nous allons allumer les mèches des canons, plaisante Ronan.

La construction en bois est solide. Nous rentrons dans la cabine qui est en fait une galerie d'exposition. Les murs et plafonds de tous les espaces sont couverts de coquilles d'huîtres.

Plusieurs décors très différents sont impressionnants. Je découvre de somptueux sites en miniature, Venise avec ses gondoles, la place Saint-Marc, le campanile et le palais des Doges avec ses arcades. Dans un autre cadre, le château fort de Josselin est bien mis en valeur. Au premier plan, un carrosse attend quelques belles dames avec leurs longues robes. Sur le tableau suivant, je reconnais les maisons à colombages de Vannes. Dans ses rues pavées, une diligence avec ses beaux chevaux blancs transporte des notables de la ville. Un peu plus loin, nous découvrons un nouveau monde. Il s'agit d'un aquarium contenant des coraux avec des poissons tropicaux de toutes les couleurs. D'autres décors aussi fascinants restent à découvrir dans cette galerie.

Tous les décors, tous les personnages mis en scène sont complètement réalisés avec des coquillages entiers ou en morceaux.

Je reconnais les coquillages que nous ramassons souvent. Des berniques, des coques, des praires, des bulots servent à faire le corps et les têtes des personnages.

- Regarde ! Des pieds de couteaux ! me dit Ronan.
- Oui, je ne les avais pas remarqués.

- Tu te souviens de la pêche à Carnac avec notre sel ? C'était drôle !

Je repense à ce moment en souriant. Nous avions fait une très belle pêche de couteaux la semaine dernière sur notre petite plage secrète de Carnac. Elle n'était accessible que depuis la chapelle de Saint-Colomban par un chemin bordé d'ajoncs. Une maison en ruines surplombait la plage où nous pouvions nous amuser sans déranger d'éventuels touristes.

C'était une pêche très drôle et très surprenante. Après avoir déposé du sel marin sur la marque du coquillage dans le sable, le coquillage sortait en se projetant tout droit vers le ciel. Il fallait l'attraper à ce moment-là.

D'autres coquillages comme les grains de café rose ou les bigorneaux servent à faire les murs en pierre. Les moules sont souvent utilisées pour réaliser les toitures. Les coquilles Saint-Jacques servent à faire des ombrelles.

- Et ça, tu connais ? Ce sont des pourpres ou faux bigorneaux si tu préfères. Là, des murex, s'excite-t-il.

- Là, moi je reconnais des amandes, des clams et surtout des ormeaux.

- Il y en a beaucoup !

Ils sont largement utilisés pour constituer ces tableaux. Seul le fond des décors est peint, toutes les couleurs des personnages sont restituées par un judicieux choix de coquillage.

Ce musée n'est pas très grand mais chaque représentation est un monde magique que nous devons quitter avec regret. Après cette visite, nous sommes un peu excités par notre découverte.

D'autres groupes rentrent alors pour effectuer cette superbe visite. Je suis vraiment content de ce moment et je sais que je garderai longtemps ces images en moi.

Nous profitons de nos derniers instants autour de ce galion pour organiser un jeu.

- François, tu as ton couteau ? me demande Ronan.
- Oui. bien sûr, j'ai toujours mon opinel sur moi.
- On joue au couteau ?
- Ok super ! je te préviens, je ne suis pas maladroit !
- C'est parti !

Ma lame se plante correctement. Ronan se prépare à son tour à lancer. Les autres copains se mettent à leur tour à sortir leurs opinels devant les regards admiratifs des plus jeunes.

Ce jeu consiste à lancer et planter la lame d'un couteau à 15 centimètres du pied de son concurrent. Nous devons déplacer dans un second temps notre pied à l'emplacement du couteau. L'autre pied ne doit pas bouger. Chacun à son tour, nous devons lancer ce couteau puis provoquer un grand écart de notre adversaire jusqu'à sa chute ou son impossibilité à déplacer son pied jusqu'à la nouvelle marque. Pour pouvoir se libérer lorsque l'écart est trop grand, il faut réussir à planter la lame de son couteau entre les jambes de son adversaire. Ce lancer peut être stylé lorsqu'il est effectué en tenant la lame plutôt que le manche. Cela oblige à faire virevolter le couteau pour qu'il puisse se planter. J'adore ce jeu d'adresse.

De retour à la maison, Papa a l'air de bonne humeur.

- Que se passe-t-il ?
- Eh bien Guy Drut est champion olympique !
- C'est une bonne nouvelle. Et pour ton jeu concours ?

- Ben, je ne sais toujours pas. Tu as une nouvelle idée ?
- Et pourquoi pas un coquillage ? dis-je en souriant.
- Un coquillage, un coquillage. Et pourquoi pas un coquillage ? répète Papa d'un air interrogatif.

Chapitre 11

J'ai besoin de rester un peu tranquille depuis mon retour et avant mon prochain départ. Les vacances avancent tranquillement vers le 15 Août. Hier, nous avons déjà ramassé des mûres avec Maryannick pour faire des gelées. Les pots sont désormais rangés.

Je suis resté plusieurs après-midis à la maison à regarder, malgré l'agacement de Maman, des séries télévisées avec Patrice et Roland. Nous avons désormais 3 chaînes, la couleur et beaucoup de choix. J'aime bien regarder les séries de science-fiction comme Les Envahisseurs avec ce David Vincent qui n'aurait pas dû se perdre la nuit. Je suis également fasciné par Cosmos 1999 ou le Prisonnier qui ne cesse de se faire poursuivre par une étonnante boule volante. Je regarde aussi bien volontiers le dessin animé du moment, Goldorak. Roland aime bien les BarbaPapa, Flipper le dauphin. Patrice préfère Les Mystères de l'Ouest, Sandokan et Amicalement Vôtre.

Nous sommes tous à rigoler lorsque nous regardons les Fous du volant ou Bill le coyote.

Pratiquement toute la famille est à la maison depuis le 1er Août. Seul Jean-Paul est en vacances avec des copains. René-Yves n'est pas là durant la journée car il travaille mais il rentre tous les soirs. Aujourd'hui, nous sommes samedi. Maryannick aide Maman au magasin car le commerce bat son plein le week-end. Les plateaux de pêches, de brugnons, jaunes ou blancs, sont dévalisés par les clients. Les fraises ne résistent pas plus que les abricots. Les melons sont vendus dans la matinée. Maman prend le soin de sentir chacun d'entre eux pour satisfaire le plus possible ses clients. Les tomates, les haricots sont aussi très demandés mais certainement moins que les glaces l'après-midi. Maryannick profite du temps entre 2 clients pour équeuter des haricots du grainetier. Chaque kilo lui rapporte quelques pièces qu'elle met de côté pour plus tard. Beaucoup de personnes profitent de cette activité pour se faire un peu d'argent.

Nous avons tous nos activités mais nous sommes toujours tous présents pour les repas. C'est toujours très ponctuellement que nous mangeons à 12h15 et 19h30. Je suis inquiet. Il est 12h20. Rien ne semble se préparer. J'ai déjà faim.

Aujourd'hui, Maman est fatiguée. Papa est énervé et contrarié.

- Je ne comprends pas pourquoi les voisins ont installé une porte sur notre cour avec une fermeture de leur côté, dit-il.

- Ce n'est pas grave, répond Maman.

- Et le droit de passage alors ? Et le droit de passage ?

Dans le jardin d'à côté, se trouve un puits. Nous avons le droit d'y aller pour chercher de l'eau.

- Et si nous avons besoin d'eau, nous ferons comment ?

- Pourquoi nous aurions besoin d'eau, nous avons l'eau courante, non ? Nous n'avons jamais eu que des histoires avec ce puits et les voisins. Même lorsque tu étais en Algérie, j'étais obligée d'aller chercher plusieurs seaux d'eau au puits sur la place centrale comme une malheureuse. Que ce soit pour laver les couches de Jean-Paul ou pour faire la cuisine et la vaisselle. J'avais honte à l'époque. Ton frère ne m'aidait pas vraiment avec son comportement. Si j'avais pu rentrer chez ma mère à ce moment-là... Maman est prise par les émotions.

- Mais qu'est-ce que tu racontes, ça n'a rien à voir ! Et je n'ai pas choisi de faire la guerre d'Algérie, moi !
- Mais si, justement, tout ça a un rapport.
- Et la sécheresse, tu vois bien que c'est la canicule cette année. Nous avons 30 degrés. Ce n'est pas normal. La terre est sèche partout !
- Oui mais pour l'instant, ce n'est pas un problème. J'ai de l'eau au robinet et je peux faire mes lessives à la maison, dit-elle en ouvrant son nouveau baril de lessive Bonux. Je la regarde faire. Je me demande quel cadeau se trouvera au fond de cette grosse boîte.
- Mais pourquoi la serrure n'est pas de notre côté ? interroge Papa en haussant le ton.

Je ne comprends pas toutes ces histoires, les mauvaises relations avec ces voisins. Je comprends encore moins la relation entre ce puits et la guerre d'Algérie. Tout ça pour un puits que nous n'utilisons jamais. Je suis surpris de les voir comme ça car ce n'est pas dans les habitudes de la maison. Ce sujet fait grand débat mais j'abandonne l'idée de comprendre. Je pense plutôt à mon programme de l'après-midi, au repas qui ne se prépare toujours pas. J'ai faim, mais je n'ose rien dire.

A ce moment-là, arrive le père de Michel. Il vient livrer le fuel pour cet hiver. Il est 12h40.

- Ah mince, j'avais oublié que c'était aujourd'hui, dit soudainement Papa.
- Ne bougez pas, je fais comme d'habitude. Bonjour François, tu n'es pas en vadrouille ? me demande-t-il sans attendre la réponse.

Déjà un énorme tuyau long de 30 mètres, d'un diamètre de 20 centimètres, serpente à travers le magasin. Il traverse la cuisine pour aller jusqu'au milieu de la cour. Le rideau anti-mouches en plastique aux couleurs de l'arc-en ciel est largement ouvert sur l'extérieur. Déjà quelques mouches en profitent pour entrer. Certaines d'entre elles iront malheureusement se poser sur les serpentins collants qui pendent dans la cuisine avec d'autres trophées. Le chien en profite quant à lui pour s'échapper discrètement de la maison. Ce n'est pas la première fois qu'il fait ça mais il reviendra quand il aura faim. Je vois de plus en plus l'heure de mon déjeuner s'éloigner et ma faim grandir.

Le branchement effectué, le fuel rejoint la cuve enfouie dans la cour de la maison. Le chat regarde avec perplexité ce drôle d'intrus. Le bruit du transfert de fuel est impressionnant. Les contorsions des premiers instants du tuyau me font penser à un boa constrictor dévorant une énorme proie. Je crois que j'aimerais être à sa place et avoir ce ventre apaisé.

- Ce n'est pas normal quand même cette histoire de porte. Nous avons besoin de cet accès, reprend alors mon père.

- Les enfants, ce midi, vous allez tous manger à la crêperie. Vous êtes contents ? annonce Maman sans nous laisser le temps de répondre.

Je crois que c'est ce qui pouvait nous sauver d'une famine certaine. Je préfère acquiescer rapidement. Je sais qu'il n'est pas possible de manger dans la cuisine durant la durée du transfert du fuel. Cette cuve ne sera pas pleine avant un certain temps.

- C'est une belle et bonne surprise !
- Bon je vais vous préparer les assiettes.

Maman prépare 2 assiettes avec un coin de beurre pour chaque galette. Elle place les œufs, le fromage puis le jambon au milieu des assiettes. Maryannick doit abandonner son service au magasin pour piloter toute la petite troupe jusqu'à la crêperie qui se trouve 3 maisons plus loin.

Nous nous installons sur une table en bois à côté de la porte de l'atelier. Ce n'est pas qu'une crêperie, c'est aussi une boulangerie-pâtisserie. M. Bodo, le pâtissier, a une très grande réputation. Les personnes font la queue à l'extérieur de la boutique les samedis et dimanches pour pouvoir acheter ses gâteaux. Il travaille énormément et il ne rechigne jamais à répondre à une nouvelle commande de dernière minute.

La crêperie récupère nos deux assiettes afin de préparer nos galettes. Le service est rapidement réalisé. Je regarde ma montre, il est déjà 13H10. Heureusement, avec ces grandes galettes, nous sommes vite rassasiés. Nous ne prenons pas de dessert car nous pourrons en avoir un à la maison.

Maryannick demande à mettre ce repas sur notre note puis nous rentrons l'estomac apaisé à la maison.

De retour à la maison, le calme est revenu, le débat semble enfin clos. Nous avons ramené quelques galettes que les parents seront certainement ravis de manger avec du lait Ribot ce soir.

Nous profitons de cette accalmie pour réclamer une glace afin de compléter notre repas. Les ventes sont nombreuses avec cette chaleur inattendue. L'appareil à glace contient encore quelques cônes et quelques bâtonnets. C'est l'essentiel.

Parmi les différents parfums, j'ai une préférence pour les Cassis et Citron. J'adore l'acidité de ces fruits. Je préfère ces glaces à l'eau aux glaces au chocolat.

Ces histoires de puits ne m'ont pas mis en avance. Je me dépêche de manger ma glace. Je dois retrouver Yves pour l'après-midi car aujourd'hui, j'ai décidé de profiter de cette belle journée.

Pour cet après-midi, il m'a proposé d'aller à la chasse aux papillons. Je ne collectionne pas les papillons mais j'ai du plaisir à les attraper. Je prends mon vélo puis je file chez lui. Il est toujours très précis et ponctuel. Je risque de le contrarier si j'arrive trop tard.

- T'es pas en avance, me dit Yves.
- J'espère que ce n'est pas trop tard pour les papillons.
- Ne t'inquiète pas. J'en ai profité pour préparer les filets.
- Et ce sac, c'est quoi ?
- Dans la musette, j'ai mis des bocaux et la boîte de formol. On y va ?
- Oui mais où ?
- Pas très loin, dans les champs en allant vers Coët Magoër.

Nous prenons la rue de la Madeleine et descendons vers la voie de chemin de fer.

Nous longeons les dernières maisons de la ville. Chaque maison possède un ou plusieurs hortensias d'un mètre de haut. Les très grandes fleurs sont de couleurs bleues, parfois mauves et même roses en fonction de l'acidité des sols granitiques. Certaines personnes ont ajouté des ardoises au pied de ces hortensias pour augmenter encore un peu plus le bleu marine de ces fleurs. A côté de ces bosquets, d'autres fleurs essaient d'exister mais seul le rhododendron trouve assez naturellement sa place dans les parties ombragées des maisons.

Arrivé sous le pont, Yves marque une pause.

- Ecoute !

Il siffle un grand coup. L'écho est faible car le pont est petit mais il est bien là !

- A mon tour !

Nous sifflons à qui mieux mieux avant de reprendre notre route.

- On va nous entendre jusqu'à Napoléonville !
- Ah, ah, ah, Pontivy tu veux dire, il faut pas exagérer !
- Mais si, mais si !
- Tu as raison, allons faire un tour dans les champs à côté du lavoir du Guern.

Nous tournons à gauche après le pont pour suivre un petit sentier. Le chemin est bien sombre malgré le soleil au-dessus des arbres. Nous le voyons à peine avec cette faible lumière et au bout de ce chemin nous apercevons le lavoir. Il est constitué de 2 parties comme la plupart des lavoirs. Une partie pour le lavage, une autre pour le rinçage. Ce lavoir n'est plus utilisé depuis longtemps et n'est pas en très bon état. Les mousses sont présentes un peu partout sur les pierres de granit. Je regarde de plus près les abords du premier bassin. Les arbres se reflètent dans cette paisible eau claire. La pierre est usée. Je me demande si les genoux des femmes et leur travail sont responsables de cette usure. La fraîcheur de l'endroit nous fait du bien.

- Je ne le connais pas celui-ci. Il ne semble pas très utilisé et plus petit que le lavoir du Tanin. Tu sais, celui qui se trouve au bout de la rue de la Diligence, dis-je.
- Je pensais qu'il ne servait plus au Tanin.

- Samedi, je suis passé devant. Plusieurs dames lavaient leurs draps. Une dame est arrivée avec une brouette remplie de draps blancs.
- Avec une brouette ?
- Oui. Elles ont fait un feu dans le coin du lavoir pour faire bouillir les draps je suppose après les avoir lavés une première fois.
- Il faudrait que je vienne voir ça.
- Le plus impressionnant, c'est de voir ces femmes agenouillées taper le linge pour l'essorer. Puis, de les voir tordre ces draps en s'y mettant à deux. Elles ont une sacrée force et je ne crois pas que je pourrais rester sur les genoux comme ça.
- Et t'as pas intérêt de prendre une baffe avec des bras comme ça.
- Là, tu as bien raison. Je crois que ta tête disparaîtrait de l'autre côté de la planète !

Nous rigolons en imaginant cette scène.

- Pas le moindre papillon ici, il fait trop sombre et les ajoncs nous empêchent d'aller dans les champs. On va retourner sur la route. Ensuite, nous prendrons la direction de Kéronic. Je n'ai pas envie d'abîmer les filets.
- Il faut chaud, tu ne crois pas que l'on serait bien à bricoler un moment un moulin à eau au frais ?
- Je n'y avais pas pensé et je n'ai même pas mon couteau sur moi.
- Bon tant pis, ce sera pour une prochaine fois.

Après une bonne marche, nous arrivons à un carrefour, devant une croix de Kéronic posée sur un socle massif. Cette croix nous regarde passer du haut de ses 3 mètres, impassible et certainement surprise de voir ces drôles de garnements avec des filets.

- Je ne sais pas combien il y a de calvaires dans la commune mais tu en vois un pratiquement à chaque carrefour important. Yves, tu sais pourquoi nous avons autant de calvaires et de croix dans notre région ?
- Je n'en ai pas la moindre idée.
- Mon père m'a expliqué que c'était pour protéger la population des maladies, de la grande peste.
- Mouais, je ne sais pas si les pestes respectent les monuments et les contournent par peur, dit-il d'une voix dubitative.

Plusieurs champs entourés de lande semblent oubliés des agriculteurs et les fleurs sauvages prolifèrent. Les digitales, coquelicots puis les marguerites invitent les papillons, abeilles et bourdons à les butiner. Les grillons et les sauterelles accompagnent ce ballet par leurs chants.

Yves est satisfait.

- Nous allons pouvoir commencer ! dit-il en souriant, certain de sa belle chasse.

Déjà nous attrapons notre premier spécimen. Il s'agit d'un « Citron », il est facile à reconnaître car il est tout jaune.

- Tu peux le laisser partir celui-là, une partie de son aile est abîmée.

Je comprends très bien ce qu'il veut dire car j'ai le même souci avec mes timbres. Je suis désolé lorsqu'il manque une dent et généralement, je ne le place pas dans mon album.

Nous reprenons notre quête de plus belle. J'attrape un autre papillon. Il est facile à repérer avec sa couleur jaunâtre et l'extrémité de ses ailes noires.

- Regarde, j'ai attrapé une piéride du chou. Regarde, pas le moindre défaut.

- Celui-là, je le veux bien. Tu sais pourquoi on l'appelle comme ça ?

- Il mange des choux ?

- Exact, en fait ce sont ses chenilles qui dévorent toutes les feuilles du chou.

Nous ouvrons un premier grand bocal que nous glissons dans le filet puis délicatement nous transférons ce premier papillon. Pour le deuxième papillon, nous utiliserons un autre bocal.

Après une bonne heure, nous avons attrapé un machaon, des piérides du chou, un citron, un vulcain puis un paon-du-jour. Ce dernier est mon préféré avec ses ailes brun-roux foncé, ses marques noires puis jaunes et aux grands ocelles bleus.

- Il est temps de passer à la dernière étape avant de rentrer, dit Yves.

Il prépare alors son bocal avec du formol puis transfère les papillons dans celui-ci. Très rapidement, les battements d'ailes cessent.

Il fait de plus en plus chaud, les annonces de la télévision ont bien mis en évidence que cette chaleur est exceptionnelle. Plusieurs feux de forêts brûlent un peu partout en France mais plus particulièrement dans le sud de la France.

La chaleur est intenable et nous nous allongeons dans l'herbe. Je demande à Yves.

- Et si on attrapait des grillons ?

- Oui, super, on va s'amuser encore un peu.

Nous essayons de localiser les trous à partir des chants.

- Ça y est ! j'ai trouvé un trou !

- Moi aussi !

J'attrape un brin d'herbe puis je l'agite doucement dans le trou. Le grillon sort précipitamment puis retourne se cacher, sentant un danger imminent.

Je recommence une nouvelle fois. Avec cette nouvelle tentative, j'arrive à l'attraper. Yves vient également d'attraper le sien. Nous les tenons dans nos mains respectives.

- Bon, on les regarde et on les relance ? Tu es d'accord ?

- D'accord, de toutes façons, je ne collectionne pas les grillons.

Nous libérons nos prises qui se précipitent sans hésiter un seul instant dans leur refuge.

Sur le chemin du retour, nous observons quelques scarabées, des chenilles processionnaires. Elles sont urticantes et il est inutile de le vérifier.

- Vous avez de la chance. Aujourd'hui, je n'ai pas assez de bocaux pour vous ramener, dit Yves en plaisantant.

- De la chance, oui une sacrée chance.

De retour chez Yves, nous allons voir son père dans son atelier de menuiserie.

Il travaille, mais à notre arrivée, il pose ses outils. Il regarde alors avec beaucoup d'attention nos trouvailles et il s'attarde sur le paon-du-jour que j'avais attrapé.

- Inachis io ! déclare-t-il.

- C'est le nom en latin pour le paon-du-jour ?

- Oui. Il est beau. Bravo pour cette trouvaille.

Puis il continue de donner les noms scientifiques de quelques-uns.

- Venez, je vais vous montrer quelque chose.

Il ouvre alors une commode et récupère plusieurs supports avec des papillons épinglés.

- Ils viennent de partout dans le monde. Certains viennent d'Afrique, d'autres d'Amérique du Sud.

Sous chaque papillon, un nom est écrit. Je regarde plus particulièrement un papillon orange qui fait une dizaine de centimètres.

- Celui-ci, c'est un Monarque. Il vient d'Amérique du sud. C'est mon préféré mais je ne l'ai pas trouvé. Je l'ai acheté. C'est un papillon un peu particulier car il voyage et traverse des continents pour aller se reproduire ou se nourrir, me raconte-t-il.

- Je ne savais pas que des papillons aussi grands existaient et qu'ils voyageaient comme ça.

- Ça, ce sont des papillons de nuit.

- On dirait une tête de mort avec ses ailes dépliées.

- Tu as raison et en plus il s'appelle le Sphinx tête de mort.

Nous regardons encore un moment cette surprenante collection.

Mon sentiment est toutefois mitigé car même si je trouve ça beau, je préfère les voir voler en toute liberté.

Je n'ai pas vraiment envie de partir de cet atelier dont l'odeur est si agréable. Les copeaux de bois embaument la pièce. Les planches d'ébène, de frêne, le chêne, le bouleau complètent l'odeur de la pièce. Ces différentes essences m'apaisent.

Le père de Yves est ébéniste. Je sais qu'il a une très bonne réputation. J'ai cru comprendre qu'il avait fait une école particulière pour se former à ce métier, l'école Boulle. En tout cas, c'est ce que m'a dit mon père, je ne sais pas ce que c'est mais mon père en parle avec beaucoup d'admiration.

A la maison, nous avons quelques meubles qu'il a créés, la table du salon, 8 chaises, le buffet de 2 mètres de long en merisier avec un design moderne et travaillé. Mes parents sont très fiers de ces meubles que nous utilisons lors des jours de fêtes.

Il est très patient avec moi et toujours très admiratif des papillons que viennent lui montrer les enfants de la commune.

Aujourd'hui, il fait chaud. Il a envie de profiter de ce moment avec nous. J'ai envie d'en savoir un peu plus sur son atelier et sur les outils.

- Vous faites quoi actuellement comme meubles ?
- Je restaure un vieux meuble de style Louis xv. La marqueterie est abîmée.
- Effectivement, elle est bien abîmée.
- Je fais aussi de nouveaux meubles.

Je regarde les pièces de bois qui constitueront ces meubles. Les outils sont disposés sur les établis.

Chaque outil a une fonction particulière. Cela nécessite un apprentissage pour être vraiment maîtrisé.

Je découvre comment il effectue les découpes avec ses différentes scies. La débiteuse fait un bruit terrible et même les mains sur les oreilles, c'est vite insupportable.

La scie circulaire m'impressionne beaucoup alors je garde mes distances. Il n'est pas rare de voir dans la commune quelques menuisiers avec un ou plusieurs doigts en moins.

Les autres scies comme la scie sauteuse, la scie à ruban, la scie à chantourner me semblent quand même moins dangereuses. Cette dernière est plus adaptée à un travail de précision. Sur le mur principal, les différentes scies égoïne, les ciseaux à bois, maillets, rabots et limes à poncer sont soigneusement classés, par taille décroissante.

Je regarde avec beaucoup d'intérêt la réalisation des différents types d'assemblage. J'ai retenu quelques méthodes comme les tenons, les mortaises, les assemblages à queue d'aronde ou par entailles. Les chevilles en bois, la colle à bois viennent consolider le tout avant de passer au ponçage et plaquage.

Les techniques sont si variées qu'il faudrait y passer des journées entières pour les maîtriser.

Les outils sont tellement nombreux dans cet atelier que j'en découvre un nouveau à chaque fois. Aujourd'hui, je commence à bien connaître l'atelier. Je reconnais les vilebrequins puis les trusquins posés sur l'établi. Ils sont à côté d'une équerre et d'un compas, mais je vois également un objet que je n'avais jamais vu.

- Je ne connais pas cet outil, il sert à quoi ?
- Ah, celui-là ? C'est une plane. C'est un très vieil outil. Je l'utilise souvent pour dégrossir les pièces ou enlever les écorces.
- Et comment on l'utilise ?
- C'est très simple, je vais te montrer. Tu prends les deux poignées, tu poses la lame sur l'écorce puis tu tires vers toi. Tu veux essayer ? ce n'est pas dangereux.

L'outil dans mes mains, les premières écorces se détachent de ce morceau de bois. Je trouve ça extraordinaire. Je ne sais pourquoi, mais je me sens toujours très bien dans cet endroit. Je comprends que son métier est une vraie passion et qu'il nécessite beaucoup d'expertise.

- Bon les enfants, je vais reprendre le travail. Vous pouvez aller prendre un jus de fruits à la maison.

La mère de Yves est rentrée de son travail à la commune et m'accueille chaleureusement.

- Bonjour François, tu te promènes, tu vas bien ? Tes parents vont bien ?
- Bonjour, oui merci. Ça va bien, mais je crois que nous avons un problème avec l'eau à la maison.
- Vous voulez un jus de fruits ?
- Oui, merci.

Nous prenons un quatre-heures bien mérité mais il est temps de rentrer car j'ai une autre activité de prévue pour cette fin de journée. Une activité que je trouve étonnante tous les ans mais un peu rébarbative. Je reprends mon vélo et je file à ma prochaine activité laissant les papillons à Yves qui enrichira ainsi sa collection.

Chapitre 12

C'est bientôt le 15 août. C'est une fête importante dans la commune et pour la paroisse. Dans chaque quartier, des ateliers sont organisés pour préparer des chars fleuris qui défileront le jour de la fête.

Notre atelier se trouve à l'école primaire, juste derrière l'église. Je pousse la porte. Plusieurs personnes de notre quartier travaillent déjà.

- Ah ben tiens, voici du renfort. Demat !

Je ne connais pas le breton mais je reconnais les sonorités un peu brutes de la langue. Je suppose qu'elle me dit bonjour.

- Bonjour, je suis venu pour donner un coup de main. Je peux aider ?

- Ah dam oui, c'est pas de refus, me répond la dame que je ne connais pas.

- Je peux commencer par quoi ?

- Tu peux découper une peu de papier si tu veux, surtout du jaune. Tu es le fils de René et Paule, c'est ça ?

- L'un de leurs fils.

- Ah dam oui. C'est bien vrai. Tu ressembles à ta mère.

Une machine existe uniquement pour réaliser cette forme si particulière attendue. Dans un coin de la pièce, une vielle femme vêtue d'une robe noire et portant une coiffe plate me regarde silencieusement. Je sais que traditionnellement les femmes qui ont perdu leur mari porte le deuil en noir pendant plusieurs années, souvent jusqu'à la fin de leur vie. Ce serait déshonorant de refaire sa vie ou de laisser courir une rumeur sur ce sujet.

Je découpe alors dans les blocs de papier crépon des formes ovales de 10 centimètres de long et 2 cm de large de la couleur attendue.

- Quand tu auras fini, tu pourras nous donner de l'aide pour mettre les fleurs ?
- Oui, il faut faire comment ?

La dame qui était tranquillement dans son coin se lève. Elle s'approche de moi avec un sourire de gentillesse.

- Regarde bien. Pour faire une fleur, il faut mettre l'index jusqu'au milieu de la partie découpée puis tourner la partie centrale. Ensuite, il faut la replier de l'autre côté du doigt. Tu vois, c'est simple.
- Ah dam oui. C'est simple, répondis-je.
- C'est bien, tu peux tremper l'extrémité dans la colle avant de la poser sur le panneau.
- Comme ça ?
- Dam oui !
- Tu fais du bon travail, continue comme ça.
- Merci pour votre aide.
- Tu vois, les vieilles dames ne sont pas toutes des sorcières ! me dit-elle en souriant doucement et affectueusement.

Je me demande pourquoi elle me dit ça. Mes joues rougissent ! Je me sens idiot. Je me concentre sur le travail qui m'attend.

Il faut mettre environ 10 fleurs pour 10 centimètres carrés. Pour faire un panneau comme ceux prévus, cela représente en moyenne 2000 fleurs et plusieurs jours de travail.

Les chars auront tous un thème différent. Pour cette année, le nôtre représente la vaisselle bretonne et plus particulièrement des assiettes de la faïencerie de Quimper. La plus grande fait 2 mètres de diamètre. Les fleurs du bord de l'assiette sont de motif noir avec des arceaux jaunes et rouges. L'intérieur de l'assiette est en blanc sauf pour la partie centrale. Quatre autres petites assiettes avec des motifs légèrement différents mais respectant les codes couleurs sont également déjà prêtes. Elles font quand même plus d'un mètre.

Sur une des tables, je vois un dessin de l'objectif recherché. Je me demande qui a imaginé ça. C'est très créatif et assez incroyable comme objectif.

Un camion sera utilisé pour porter toute la décoration. Il sera rendu invisible par des panneaux décorés. Les assiettes sont alors fixées sur la remorque.

La plus grande des assiettes sera posée pratiquement à la verticale sur le char contre la cabine du conducteur. Au centre de celle-ci, un garçon et une fille de 6 à 8 ans habillés en costume breton se tiendront debout.

Les autres assiettes seront posées sur le plateau, légèrement de biais mais orientées pour que l'on voit bien les motifs de chaque côté de la rue. Quatre enfants en costumes seront accroupis afin de saluer la foule d'un geste de la main. C'est ambitieux et lorsque je regarde le travail qui reste à faire, je comprends que toutes les aides seront bien utiles. Il reste encore les panneaux de décoration et de couverture du camion à réaliser.

Les panneaux de 1,5 mètre sur 2 sont déjà prêts, les plus grands font 2 mètres sur 3. Les dessins sont pratiquement tous réalisés. Ils serviront de repères aux fleurs multicolores en papier crépon que nous collerons pour une partie. L'autre partie sera complétée par des objets décoratifs.

Un seul de ces grands panneaux semble terminé et prêt à être monté sur le camion. Nous ne sommes pas en avance mais je ne ressens pas d'inquiétude dans la salle, seulement du bonheur à être ensemble. Je suis très fier de contribuer un peu à cette réalisation. J'espère que le bourg sera à l'honneur avec ce beau projet.

Les autres quartiers, le Pondic, Le Tanin, La Madeleine, le Hirello et Le Goh Hanno cachent leur réalisation qui ne sera visible que le jour du défilé. Il n'y a rien à gagner. Ils auront le plaisir de voir les yeux émerveillés du public et le plaisir d'avoir réalisé une œuvre éphémère ensemble. Ces spectateurs sont de plus en plus nombreux au fil des années à venir admirer ce défilé.

Après une heure de travail, certaines personnes sont parties, d'autres sont arrivées. Le travail avance bien. Les résultats sont déjà visibles.

- Je vais rentrer. Bon courage !
- Merci. Kenavo.
- Kenavo ! dis-je alors en regardant la vieille dame avec un petit sourire en guise d'excuse.

Je rentre à la maison content de cette belle journée. Il est temps de dîner avant de regarder le film du soir. Pendant les vacances, nous avons le droit de regarder la télévision le soir et l'après-midi.

**

Le grand jour est arrivé. L'excitation est palpable dans la maison comme dans toute la commune.

Il est déjà 10 heures, à la maison c'est particulièrement agité. Maryannick se prépare pour défiler en majorette avec ses copines.

Elle porte une mini-jupe blanche, des bottes blanches, un chemisier blanc et un haut chapeau rouge si particulier. Elle fait tourner son bâton le plus rapidement possible puis répète quelques figures inlassablement, parfaitement. Je suis en admiration.

Jean-Paul vient d'arriver avec une petite dizaine de copains motards. Ils ont tous les cheveux longs et des moustaches bien fournies. Mon frère a une vielle Yamaha en 650cc qu'il a achetée d'occasion. Malheureusement, elle tombe régulièrement en panne. Les parents sont inquiets à chaque fois qu'il part sur les routes. Ils arrivent d'un séjour en Sardaigne et sont dans un camping à Erdeven. Cela rajoute un peu de complexité à la journée car ils viennent d'envahir notre petite cuisine. Ils prennent le café en rigolant fortement alors que Maman est déjà à courir partout. Grand-père qui vient d'arriver ouvre pour l'occasion une bouteille de porto. Elle sera très bien accueillie par ces motards qui n'hésiteront pas à délaisser le café servi par Maman. Ils en profiteront pour engloutir quelques paquets de biscuits apéritifs.

C'est un drôle de bazar dans la maison. Youki, excité comme une puce, profite de ces entrées et sorties pour fêter ce jour en allant retrouver des copains. Seule la chatte observe toute cette agitation cachée en haut de l'escalier. La tourterelle essaie d'exister par de longues roucoulades, salutations qui provoquent quelques rires admiratifs et imitations de certains convives.

René-Yves a décidé de défiler avec un copain pour rigoler. Ils se sont déguisés en Chinois. Il vient juste de finir de poser de longues et fausses moustaches après avoir supprimé la sienne pour l'occasion. Ils donneront des bonbons aux enfants devant un char sur le même thème.

Patrice est déjà habillé en costume traditionnel breton. Il est impatient de partir au lieu du rendez-vous. Il est très fier et a un sourire encore plus grand que d'habitude. Roland sera à son tour sur le char de notre quartier, habillé en costume breton pour l'occasion.

Ils sont habillés de la même façon, un pantalon en velours noir, une chemise blanche et une veste noire sans manche. Le chapeau bien fixé sur la tête, ils ont fière allure.

L'équipe de Jean-Paul ne restera pas manger à la maison. Ils iront déguster des galettes, des crêpes et découvrir les cidres de la région avec les touristes. Jean-Paul veut également revoir ses copains du bagad de Pluvigner où il jouait du tambour quelques années auparavant. Déjà, cette petite communauté de motards quitte avec beaucoup d'excitation la table qui ressemble désormais à Fort Alamo après la dernière bataille. Ils sont tous bien attentionnés et gentils. Ils prendront soin de tout ranger comme s'ils faisaient partis de la maison.

Je dois accompagner Roland au départ du défilé car Maman gardera le commerce ouvert au maximum ce dimanche.

Je dépose Roland au rendez-vous. Sans dire un mot, il se précipite sur le char. Il monte s'installer au centre d'une petite assiette fleurie. Il est ravi.

A côté de lui, une petite est également installée. Elle a également une très belle tenue traditionnelle. Une robe en velours noir, un tablier bleu qui va de la tête au pied et une petite coiffe plate en dentelle sur la tête.

Roland ne me regarde plus, il est fasciné par la décoration. Il regarde ces fleurs qui l'entourent avec beaucoup d'attention. Sur l'arrière sur décor, un imposant Triskell noir a été reproduit sur un drapeau breton. Une annotation en breton est écrite fièrement « Gwenn Ha Du » (blanc et noir).

Il est midi, c'est l'heure du défilé. Je suis revenu à la maison pour regarder le défilé avec mes parents et Grand-père. Pour une fois, je serai seul avec eux, je serai fils unique. C'est une drôle de sensation.

Grand-père patiente assis sur le muret du magasin. La foule est déjà bien présente de chaque côté de la rue principale. Plus de 2 000 personnes sont venues. Les plus jeunes ont trouvé une place de choix sur les épaules des parents. Les fenêtres des maisons sont déjà investies par un public impatient et privilégié. Au milieu de la rue vide pour laisser la place au défilé, plusieurs jeunes enfants se sont échappés. Ils font courir leurs parents angoissés.

Le bagad de Pluvigner ouvre la cérémonie, l'étendard est devant, porté par un seul homme.

Suivent plusieurs tambours dont le martèlement résonne dans la rue. La grosse caisse donne le rythme. Les bombardes et binious forment les bataillons suivants. Ils saturent le fond sonore de la rue. Je reconnais rapidement Yvon Palamour, le père de Yves qui, avec Guigner Le Henanff, forment le socle de cette formation. Elle est très largement complétée par la famille Le Berre avec Bernard au milieu. Ils marchent lentement devant la foule déjà admirative par cette entrée en matière. Les plus jeunes enfants ont les mains collées aux oreilles mais regardent malgré tout avec fascination cette parade.

Le cortège suivant est plus tranquille puisque l'objectif est de montrer les tenues traditionnelles bretonnes. Le drapeau breton avec ses hermines, ses bandes noires et blanches ouvre la marche du groupe. Ce groupe est constitué d'une quarantaine de marcheurs.

- Je vois Patrice ! dis-je aux parents.

Une demoiselle au bras, Patrice salue le public comme un roi. Il nous fait signe. Il est tout simplement heureux d'être au milieu d'un groupe, avec les autres, comme les autres. Avec son large sourire, il reçoit, en écho à sa joie communicative, des sourires de remerciements.

Les majorettes, dont Maryannick, arrivent d'un pas rythmé dans la rue. Les plus adroites sont à l'avant. Les bâtons tournent entre les mains, volent vers le ciel en tournant puis se font rattraper avant d'être lancés à nouveau sans se perturber. C'est vraiment impressionnant. J'ai essayé plusieurs fois de le faire tourner, mais à chaque fois, il a terminé sa rotation sur le sol sans aucun esthétisme.

Au milieu des chars, le traditionnel pitre de la commune s'est déguisé en mariée bretonne avec la coiffe plate typique de la région.

- Allez Lili. Vive la mariée, l'encourage la foule.

Il va vers les uns puis vers les autres en essayant de les embrasser.

- Ah non, je suis déjà marié, lui répondent souvent les favoris qu'il se désigne.

Le public sourit à son passage et s'amuse. Lili est à sa place dans ce spectacle où il est attendu tous les ans.

Il vient alors saluer respectueusement mon grand-père qui rigole de le voir ainsi. Avec mon nouvel appareil photo, j'ai le temps de figer cet instant.

Le premier char fleuri apparaît déjà. Certains quartiers ont fait preuve d'imagination. Un superbe papillon fleuri de 2 mètres, d'une espèce imaginaire, fait son entrée dans la rue principale. Ses ailes multicolores de couleurs vives sont déployées. Elles provoquent une vive et belle émotion dans le public. Les détails sont très bien réalisés. Ce papillon a même une petite trompe orientée vers une pâquerette et deux antennes. Toutes les petites fleurs faites à la main sont à leur place. Déjà, un nouveau char apparaît. Il s'agit d'un astucieux jeu de dés à jouer. Chaque dé mesure un mètre. Un dé est posé sur une face tandis qu'un autre est sur un angle comme suspendu avant de retomber sur un numéro. C'est vraiment étonnant de le voir ainsi figé dans son mouvement. Notre char arrive enfin. Roland semble toujours perdu dans ses pensées. Subitement, il semble réaliser qu'il est devant la maison. Il nous fait des grands signes de la main avec un sourire qui ne peut exprimer qu'un immense bonheur. Nous regardons depuis le magasin avec beaucoup de fierté notre travail. Nous écoutons avec plaisir les commentaires élogieux et admiratifs des spectateurs devant tout ce travail.

L'impressionnant bagad de Locoal-Mendon constitué de plus de vingt musiciens ferme la marche d'un pas rythmé et ordonné. Les tambours sont synchronisés et le mouvement des baguettes m'hypnotise. Les grosses caisses tonnent bruyamment. Elles font résonner mon corps. Les bombardes, les binious complètent le festival aux multiples sonorités par d'agressives notes aigües et parfois stridentes. Nous sommes imprégnés par cette musique si particulière qui accompagne notre vie. Nous nous sentons tous appartenir à cette culture. Nous sommes l'espace d'un instant tous Bretons et fiers.

Ce cortège musical envoûtant est suivi joyeusement par une bonne partie du public. Il repasse dans la rue puis se dirige vers le terrain de la Madeleine où seront organisées les animations de la journée.

- Je pars au terrain, je m'occupe des entrées et de la caisse, dit Papa.

- Oui, d'accord, mais tu dois apporter les 10 caisses de melons, répond Maman.

- Je viens de les charger dans le coffre.

- Et les pêches jaunes et les brugnons ?

- J'ai pris les 12 caisses. C'est bien ça ?

- C'est parfait. Je vais enfin pouvoir respirer.

- Allez François, tu viens avec moi. Tu vas récupérer Patrice et Roland. Ensuite, vous irez manger des saucisses frites sur place pendant que je retournerai gérer les entrées.

Les stands sont déjà en place et les commerçants attendent leurs premiers clients. Je vais voir Raymond, notre voisin, qui s'occupe du stand des anneaux. Il faut lancer des anneaux sur des bouteilles. Lorsque l'anneau reste sur la bouteille, elle est gagnée.

La journée passe rapidement. Je retrouve des copains sur le terrain. Nous essayons quelques jeux, du casse-bouteille ou tir au pigeon en passant par le chamboule-tout où nous passons un bon moment à renverser les boîtes de conserves avec des boules en tissu.

Désormais, le fest-noz est lancé. Les groupes bretons se succèdent pour faire danser la foule. Les bagads de Camors, de Locoal-Mendon, d'Auray et de Pluvigner animeront la soirée. Ils annoncent avant chaque morceau la danse correspondante. Parfois répondent aux attentes des spectateurs. J'aperçois Jean-Paul dans la ronde. Il est un expert en danse bretonne et entraîne assez rapidement ses amis.

Moi, je ne sais pas danser et je n'ose pas vraiment y aller de peur d'être ridicule. Maryannick qui s'amuse également, a déjà intégré Patrice qui s'applique dans le mouvement des bras. Je rentre à mon tour dans cette ronde pour participer à cet « An Dro » qu'elle me propose.

Les petits doigts accrochés les uns aux autres, le cercle accueille de plus en plus de monde, les enfants, les touristes, les maladroits et les experts forment la même ronde joyeuse où les différences disparaissent. Certains petits doigts torturés se souviendront pourtant longtemps de ces rencontres.

Les gavottes, an-dro et ridées s'enchaînent, laissant parfois la place aux spécialistes pour des danses plus démonstratives du groupe de la Kevrenn Alré. Je vois Jean-Paul qui enchaîne les danses en couple. Je suis admiratif.

Les repas sont servis jusqu'à la fin de la journée. Les melons de Maman ont été mangés depuis longtemps. Les galettes, crêpes et saucisses n'auront pas plus résisté que le kig-ha-farz.

Il reste bien quelques parts de far aux pruneaux mais je craque plutôt pour une nouvelle glace.

Tout d'un coup, j'aperçois Jean-Yves et Michel. Ils semblent bien impliqués dans une bataille. Je cours les rejoindre.

- Que faites-vous ?

- C'est la bataille contre les touristes parisiens. Ils sont complètement débordés par notre nouvelle technique, me répond Jean-Yves.

- Regarde, me dit Michel.

Il a une petite branche de bois d'environ 30 centimètres. Il pique une pomme verte au bout pour pouvoir la projeter au loin. Je me mêle à cette bataille.

Les petites pommes à cidre fusent de part et d'autre.

- Ils se replient, ils se replient ! Nous allons les massacrer !

Malheureusement, les projections font quelques victimes et les parents interviennent énervés. Nous disparaissons discrètement, rapidement, derrière les stands pas encore démontés en entendant quelques cris d'indignation.

C'est bientôt la fin de la soirée. Les panneaux des chars fleuris ont été regroupés pour un dernier spectacle. Déjà, crépitent aux pieds de ces somptueux décors les premières flammes jaunes, rouges et orangées. Elles dévorent comme une armée napoléonienne affamée par une trop longue marche, les panneaux que nous avons réalisés avec tant d'implication et de minutie. Déjà, les structures en bois se plaignent de la torture de ces flammes de plus en plus grandes. La chaleur est de plus en plus importante. Nous nous éloignons à contre cœur de ce brasier. L'ensemble des personnes encore présentes encerclent ce feu de joie. Les victimes de notre attaque sont également là. Elles nous adressent des sourires de connivence, satisfaits d'avoir participé à cette originale et fabuleuse bataille.

Les braises s'envolent doucement vers le ciel. Dans le silence de cette fin de soirée, elles forment ainsi une armée d'étoiles prêtes à compléter cette nuit déjà étincelante.

Le ciel devient plus étoilé que jamais, la lune accepte notre offrande et nous adresse un ultime sourire de remerciement. Cette belle fête du 15 août est désormais terminée.

Chapitre 13

Nous sommes le 18 août. Il est 9 heures. J'ai déjà chargé la valise dans la voiture. Je repars déjà.

Je n'ai pas vraiment eu le temps de revoir mes copains et personne n'a vraiment de temps à la maison pour s'occuper de moi. Me voir traîner devant la télévision ou ne pas savoir ce que je vais faire de mes journées n'est pas vraiment négociable. Pourtant, moi, j'aime bien traîner en pyjama jusqu'à 10 heures à lire des bandes dessinées. J'ai d'ailleurs une bande dessinée très rigolote que je relis régulièrement. Ce sont les Pieds nickelés, de sacrés farceurs avec de drôles de bouilles. J'aime bien aussi jouer avec mes soldats, taquiner Roland même si parfois, il pleure de mes prises de judo lors de nos combats sur le grand lit de ma chambre. Je suis souvent surpris quand Maman arrive inquiète du rez-de-chaussée au 2ème étage tout essoufflée. Elle a laissé ses clients gérer le magasin et s'époumone en criant.

- Que se passe-t-il ?
- Mais rien du tout, j'ai rien fait !

Moi, je ne comprends pas trop pourquoi elle a l'air en colère. Parfois, elle s'impatiente aussi lorsque je m'ennuie alors elle me dit :

- Tu perds ton temps inutilement. Tu devrais aller faire du vélo. Au moins, tu auras fait quelque chose de ta journée, sinon tu peux aussi ranger des articles dans le magasin ou étiqueter les produits !

L'après-midi, c'est vrai que je traîne un peu plus devant la télévision. Sans chercher à discuter, je disparais avec mon vélo déjà trop petit à la recherche d'un copain ou d'une route que je ne connais pas encore. Il m'arrive parfois de me perdre du coté de Landévant ou de Grandchamp lorsque j'essaie de prendre des raccourcis à travers la forêt. Malgré tout, je suis toujours de retour en fin de journée.

Et puis, comme dit Maman, ça me fera prendre le bon air de la campagne et ce sera plus calme à la maison.

Dans quelques jours, je vais passer 10 jours de vacances chez ma marraine Gisèle comme elle me l'avait promis lors de la communion. Mes parents vont me déposer aujourd'hui mais nous nous arrêterons chez Jean et Michèle pour le déjeuner. René-Yves s'occupera du magasin avec Maryannick. Patrice et Roland feront le voyage aller-retour dans la journée. Après ces 10 jours à la ferme, Gisèle me ramènera à la maison. Je suis impatient de passer ces quelques jours dans leur ferme qui est une véritable exploitation agricole. Je ne suis jamais allé chez eux. Lorsque nous venons à Betton, nous allons principalement voir la sœur de Maman.

Nous prenons la route étonnamment à l'heure pour une fois. Papa est satisfait.

- C'est bien, il est 9h20. Nous n'arriverons pas trop tard cette fois-ci. J'ai quand même 2 heures 30 de route. J'espère aussi ne pas me tromper en arrivant à Rennes car je n'ai pas envie de traverser la ville comme la dernière fois, dit-il.

Les premiers virages qui mènent à Bieuzy sont sinueux. Un premier carrefour, Roland gémit.

- Je ne me sens pas bien, je vais vomir !

Papa stoppe notre puissante R16 sur le côté ! Roland laisse son petit déjeuner alimenter les limaces.

- Déjà une demi-heure de perdue et nous n'avons fait que 6 kilomètres ! constate Papa.

Quelques kilomètres plus tard, Patrice ne résiste pas aux virages de la route de Locminé. Il alimente à son tour l'herbe sèche des fossés, ajoutant ainsi un nouveau ¼ d'heure à la durée du trajet.

- Bon, nous serons à la même heure que d'habitude finalement ! précise Papa d'un air dépité.

Dans la voiture, nous n'avons pas grand-chose à faire. Je lis quelques Spirou et découvre un drôle de garçon avec une mouette qui a un sacré caractère, Gaston la gaffe. Les kilomètres défilent. Après 1 heure de route sur la départementale, une bonne pause est nécessaire. Alors que j'effectue quelques pas à la recherche d'un petit coin pour être tranquille, je remarque, non loin de la voiture, un grand obélisque. Je m'approche. Sur la plaque commémorative, j'arrive à peine à lire quelques inscriptions.

" Ici, le 27 mars 1351, trente Bretons combattirent pour la défense du pauvre »

Je retrouve Papa et lui demande ce que signifie cette histoire des trente Bretons.

- Ah c'est ici ! je ne le savais pas. Il s'agit du combat des Trente. " Bois ton sang, Beaumanoir, la soif te passera ".

- Ça veut dire quoi ?

- Nous en parlerons une prochaine fois car nous sommes en retard. Allez, vite ! Rentre dans la voiture.

Je n'ai rien compris mais devant l'urgence de notre route, je n'ai pas d'arguments assez solides pour passer plus de temps sur ce sujet aujourd'hui. Déjà, nous reprenons la route.

Nous arrivons à Plélan-le-Grand. Je poursuis ma quête des panneaux lorsque j'aperçois un panneau indiquant « forêt de Brocéliande ». Je réveille Roland qui vient de s'endormir à nouveau.

- Regarde, nous sommes dans le pays de Merlin l'enchanteur. Tu vas pouvoir retrouver les chevaliers de la table ronde, le roi Arthur, Lancelot !

- Hein, quoi ? Dit-il les yeux à moitié ouverts avant de les refermer et de replonger dans ses rêves.

Je résiste beaucoup mieux aux voyages et nous arrivons malgré tout à Betton à midi. Michèle a organisé un très bon repas qui sera accompagné par une tarte aux pommes que Maman a réalisée la veille. Nous partageons avec mes cousins, les histoires incroyables de nos vacances. Nous rigolons des bonnes blagues que nous avons faites. Je raconte encore avec emphase et passion la victoire des Chouans, la grande bataille des Vénètes contre les Romains. J'explique à Philippe comment lancer des pommes avec un simple bâton, jouer au couteau. Jean nous écoute d'une oreille inquiète. Il estime que Philippe a fait assez de bêtises comme ça. A priori, je crois comprendre de mes parents que je ne suis pas en reste.

A 15h, le café terminé, Michèle nous propose de profiter de cette chaude journée pour nous promener le long du canal de Betton, le canal de l'Ille-et-Rance.

Jean est fatigué de son vélo du matin. Il ne résiste pas à l'idée de s'allonger sur le tapis du séjour pour se détendre et s'endort comme une masse. Nous le laissons se reposer tranquillement. Doucement, sans un bruit, nous quittons la maison pour rejoindre le canal. A l'ombre des peupliers alignés et de leurs épais feuillages, nous profitons de cette surprenante fraîcheur.

Plusieurs kilomètres s'effectuent ainsi sans fatigue sur cette sereine et belle promenade.

Je profite de ce moment privilégié avec mes cousins pour jeter des cailloux dans les mares et embêter les grenouilles.

Maman est toute radieuse. Elle partage ses souvenirs avec Michèle. Elle évoque l'arrivée des Américains dans la ville alors qu'elle n'avait que 15 ans, l'ambiance dans la ville ce jour-là. Elle avait mangé du chewing-gum, fumé pour la première fois puis saigné du nez après cette expérience.

Elles reparlent également de leurs souvenirs heureux ou malheureux de leur enfance. La perte de la plus jeune de ses sœurs qui avait 2 ans mais également de l'ambiance familiale à 8 dans la petite maison. Je l'entends également parler de son père, grainetier et membre du conseil municipal. Elle évoque avec tendresse les trajets vers Saint Malo avec la voiture de son père. C'était l'une des rares Citroën C4 Rosalie de la ville. Elle raconte son plaisir lors des fabuleuses parties de pêches en famille. Ils ramenaient 50 kilos de coques pour tout le voisinage. Elle nous explique également les trajets vers Rennes avec Michèle et Marie pour aller travailler, les rigolades avec les copines et ses collègues de Ouest-France.

Papa regarde sa montre avec stupéfaction.

- Il est déjà 17 heures, il est temps de partir déposer François au Gros chêne et de repartir car la route est longue pour rentrer ! dit-il.

Nous arrivons dans la cour de la ferme du Gros Chêne. Immédiatement, nous sommes accueillis par deux gros chiens un peu trop excités pour que l'on sorte de la voiture. La longère est très imposante, la cour est entourée par deux porcheries et une étable. Le hangar abrite plusieurs machines dont une moissonneuse-batteuse et plusieurs tracteurs. Les deux bergers allemands sont toujours excités. Ils entourent la voiture en aboyant inlassablement. Nous ne bougeons pas. Nous attendons angoissés notre délivrance.

Maman connaît bien la ferme des « Le Huger ». Son oncle, tonton Isidore, avait cette ferme avant de la céder à sa fille Gisèle mais il occupe toujours une partie des bâtiments. Alertés par les chiens, Jean et Gisèle arrivent suivis par toute la famille.

- Brutus, Goliath, du calme ! ordonne Jean avec autorité.

Le silence est enfin là. Les chiens semblent apaisés.

Nous pouvons enfin sortir de la voiture sans montrer notre peur devant ces molosses dont la salive coule sous les crocs encore trop visibles à mon goût. Avec des noms pareils, je doute de recevoir des signes d'affection.

A peine arrivés à la ferme « Le Gros Chêne », mes parents prennent rapidement un rafraîchissement avant de repartir.

Ma valise posée sur le lit de cette grande chambre, je commence à prendre possession des lieux.

Jean-Michel, l'aîné de la maison, a 15 ans. Il arrive dans ma chambre. Il est maigre comme un coucou, comme la plupart des ados de son âge. Il est ravi de m'accueillir et impatient de me faire découvrir les lieux.

- Eh François, viens ! Je vais te montrer la ferme, me dit-il d'une voix tonique.

La valise à peine déposée dans la chambre, me voici déjà à courir pour voir le troupeau de vaches noires et blanches qui arrivent des champs. Gisèle semble les attendre.

- Elles sont nombreuses !
- On en a 45, ce sont des pies noires !
- Des pies noires ?
- Des morbihannaises si tu préfères ! dit-il en souriant.
- Tu te moques de moi ?
- Mais non, c'est une variété de vache laitière. Tu sais, ici nous avons seulement deux sortes de vaches, celles-ci avec leurs taches noires et les normandes avec les tâches marron clair. C'est plus pour la viande. Tu sais, il existe plusieurs autres espèces comme les pies rouges, les charolaises ou les limousines par exemple. Elles rentrent en ce moment à la ferme pour la traite. C'est aussi l'heure du casse-croûte. Tu as déjà vu ça ? Allez, tu viens !
- Les limousines ? Et moi qui croyaient que c'étaient seulement des voitures !

Nous entrons dans la salle de traite. De chaque côté d'une fosse de 1 mètre de profondeur, quatre vaches sont installées pour cette extraction du lait. La salle est moderne. Tout est automatisé. Ma marraine est dans la fosse et me regarde en me souriant avec tendresse.

- Déjà là ! Tu n'as pas perdu de temps. Tu as déjà fait ça ?

Le bruit assourdissant des moteurs pour l'extraction du lait ne me permet pas de l'entendre.

- Quoi ? Je ne comprends rien !

Elle me fait signe de descendre dans la fosse.

- Tu vois, de cette fosse nous sommes à la bonne hauteur pour travailler sur les pis des vaches.

Elle libère ces premières vaches puis ouvrent la porte latérale qui donne sur un enclos. Les vaches semblent pressées de venir dans la salle comme si elles allaient trouver des soldes. Quatre vaches entrent et s'installent dans un emplacement prévu pour la traite.

- Regarde, d'abord, il faut absolument bien nettoyer les pis avec ce torchon et ce produit sinon le lait pourrait ne pas être propre. Ensuite, tu prends la trayeuse avec ces quatre embouts puis tu introduis les pis. Tu vas voir, c'est facile.

Avec le bruit assourdissant des machines, je ne suis pas certain d'avoir très bien compris ce que je dois faire. Je m'applique à nettoyer ces pis. C'est vraiment très facile de les nettoyer. Je l'avais déjà fait une fois en avril. En revanche, je n'arrive pas à mettre la trayeuse en marche. La vache s'agace. Avec sa patte arrière, j'ai l'impression qu'elle n'apprécie pas mes vaines tentatives et semble vouloir me sanctionner en essayant de me briser le bras.

Jean-Michel rigole !

- Alors François, c'est pas la ville ici ! T'aimes pas les vaches ? Elle t'embête Marguerite ? Marguerite, je te présente François, c'est un touriste de la ville ! Un parisien quoi.

- Bonjour madame Marguerite, vous pouvez rester tranquille un peu !

Jean-Michel rigole encore plus fort.

- Au moins, les présentations sont faites. Je vais te présenter ses copines, tu veux voir Rosalie et Eglantine ? s'esclaffe-t-il.

Heureusement Gisèle vient à mon secours et finalise l'installation. Le lait descend alors rapidement dans le récipient. Après 12 litres d'extraction, la vache semble apaisée, il est temps de la libérer pour laisser la place aux suivantes. Le lait disparaît alors de ce récipient. Il est aspiré pour rejoindre la cuve centrale.

Les odeurs de cette pièce sont assez fortes pour mon odorat qui n'est pas encore habitué. Certaines vaches n'attendant pas toujours d'être en dehors de la pièce pour se lâcher, il faut faire un nettoyage rapide entre chaque groupe de vaches.

- Et où va ce lait ?
- Dans les grandes cuves qui sont dans la salle d'à côté, me dit Gisèle tandis que Jean-Michel me fait de grands signes pour que je le rejoigne.

Il m'explique ce qui se passe dans ces cuves avant de préciser qu'il est important de garder tout ça très propre.

- Tu vois, ici le lait est brassé dans une première cuve puis dans une seconde, une partie du lait se repose et forme une épaisseur, on dirait un énorme yaourt. Demain, le camion de lait viendra récupérer les contenus, ensuite des analyses seront faites sur la qualité du lait. Pour ce soir, nous allons manger du caillé !
- Du quoi ? Je crois que tu me fais marcher.
- Du caillé, c'est du lait caillé directement à partir de la production de lait. Tiens, goutte !

Il me tend alors une cuillerée que je goutte du bout des lèvres. Le goût est vraiment très particulier, la texture est épaisse et j'ai l'impression que ça sent la vache. C'est onctueux et ça me semble quand même beaucoup plus riche que les yaourts que je mange habituellement.

- C'est bon. Avec ça, pas besoin de quatre heures.
- Un quatre heures ? C'est quoi ? Encore un truc des gens de la ville ça, me dit-il en rigolant.

Je ne sais pas s'il rigole de mes piètres connaissances ou s'il est juste toujours de bonne humeur, mais ses rires me font sourire. Pour détourner la conversation, j'ajoute alors :

- Et le lait est bien épais aussi !

- Oui, c'est pas comme dans les boutiques où la moitié de la matière grasse a été enlevée pour faire de la crème ou du beurre. Et pour le lait, je ne préfère pas te dire tout ce qu'ils enlèvent avant de le mettre dans les bouteilles. Bientôt, ce sera de l'eau blanche, tu peux me croire, le lait entier d'aujourd'hui, c'est du demi-écrémé d'hier. Allez, viens, je vais te montrer les cochons. Nous avons 2 porcheries et 80 têtes par bâtiment. En ce moment, nous avons des porcelets. Tu vas voir.

Nous rentrons dans le premier bâtiment. Je suis tout d'abord très surpris par l'odeur. Je crois que j'ai vraiment l'odorat délicat. Jean-Michel n'est pas du tout incommodé et il voit bien que cela me gêne.

- Alors, le Parisien, ça sent bon la campagne ? me demande-t-il un sourire au coin des lèvres.

Je crois qu'il a décidé de me faire mon baptême pour devenir un parfait petit paysan.

Les cochons sont dans des espaces assez réduits. Ils peuvent à peine tourner. Les petits tètent leur mère. Jean-Michel m'explique le fonctionnement d'une portée.

- Tu vois, les plus gros sont ceux qui sont nés les premiers. Ils se sont tout de suite positionnés sur les premiers mamelons, ceux qui donnent le meilleur lait. Les derniers nés ont les derniers mamelons et sont tout petits.

- La taille est vraiment très différente effectivement. Le plus gros fait 2 fois la taille du plus petit et comme il est plus fort, il continue à choisir son emplacement.

- Tu as tout compris ! Il faut aussi surveiller les mères car parfois elles ne veulent pas de tous leurs petits. Aujourd'hui, tu vas rigoler car nous allons faire partir un « Vera » vers une autre ferme. Tiens, je crois que c'est le moment.

Jean arrive alors et nous dit :

- Ah ! Vous tombez bien tous les 2. Vous allez pouvoir nous aider à faire monter la bête dans le camion !

- François ! attention, cette bête fait au moins 4 fois ton poids, rigole à nouveau Jean-Michel.

Un peu plus loin dans la porcherie, je découvre un monstre. Ce cochon doit faire 1,5 mètre de long et peser 300 à 350 kilos. Il est vraiment impressionnant et ne semble pas d'humeur à vouloir se laisser déranger.

- Pour le déplacer, nous allons devoir positionner des tôles comme si c'était un mur. François, Jean-Michel, vous devrez tenir vos tôles sinon il va disparaître dans la campagne. Ce ne sera pas facile de le récupérer après !

Catherine et Laurence, les 2 filles de la maison arrivent avec Tonton Isidore pour regarder le spectacle. Elles étaient parties avec lui donner à manger aux poules et aux lapins. Elles portent dans leurs paniers quelques œufs de la journée.

Nous avons sensiblement le même âge avec Catherine. Laurence n'est pas beaucoup plus âgée que moi, à peine deux ans, mais elle est déjà bien occupée par les travaux de la ferme.

- Le cochon est nerveux alors attention à vous ! crie Jean.

Plusieurs autres personnes sont présentes pour aider à la manœuvre dont notamment Maurice, le commis de la ferme. Il a un logement sur place et vit ici comme un membre de la famille. Il n'est pas très grand mais très musclé. Son visage est buriné et bronzé. Il lui manque quelques dents mais il affiche sans retenue un sourire de sympathie.

- Alors François, tu es venu vivre à la ferme ! dit-il.

Le cochon sort brutalement de la porcherie et semble vouloir tout défoncer sur son passage, ne me laissant pas le temps de répondre.

Maurice m'aide à tenir bon ma partie avant de se déplacer sur la sienne. Le cochon avance en hurlant, criant, grognant puis s'élance vers nous en essayant de provoquer une brèche pour sortir.

Nous tenons bon.

Soudain, il aperçoit une ouverture devant lui et il se précipite en grognant plus intensément. Il entre sans le savoir dans le piège puis pénètre dans le camion. L'affaire est finalement rapidement entendue. Je reste toutefois impressionné par cette entrée en matière. Je me demande bien comment se passeront les autres journées. Le camion démarre puis s'éloigne, accompagné par des couinements qui ne sont pas les siens.

Les jours suivants, j'apprends à conduire le petit tracteur de la ferme, il est bleu. C'est un Ford. Il n'a pas fière allure car les années ont passé mais il répond toujours présent aux attentes de la ferme et il est assez facile à manier.

C'est actuellement la période des moissons et les fermes travaillent à plein régime. Ici, il s'agit d'une coopérative agricole. La moissonneuse de Jean est utilisée pour la récolte de plusieurs agriculteurs. Nous attendons qu'il rentre avec les autres agriculteurs des champs pour le dîner. Gisèle s'occupe de servir le repas à tous ces travailleurs. Elle mangera plus tard. Je suis en face de Catherine mais nous n'avons pas le droit de parler à table comme c'est souvent le cas pour les enfants dans les familles. Nous arrivons quand même à nous faire des sourires complices malgré le silence imposé par des corps fatigués de cette journée.

Pendant la journée, Catherine m'a fait découvrir d'autres parties de la ferme. Les lapins angoras de tonton Isidore, les canards et les poules. Brutus, Goliath se sont habitués assez vite à moi. Ce sont 2 bergers allemands qui pourtant m'avaient accueilli avec beaucoup d'aboiements, nous accompagnent désormais dans tous nos déplacements tranquillement et n'hésitent pas à me donner de gros coups de langues bien affectueux.

Laurence et Catherine m'ont également fait découvrir des cachettes entre les bottes de paille, fait visiter le vieux grenier où des habits d'autrefois traînent encore dans quelques malles de voyages. Bien sûr, j'ai dû essayer quelques vêtements et être ridicule. Nous avons aussi joué dans le hangar aux tracteurs. Dans celui-ci, il faut quand même faire attention. Entre les récipients contenant de l'huile pour les moteurs des tracteurs et les très nombreux bidons blancs de 20 litres étiquetés avec une tête de mort, nous pourrions vite nous salir. Heureusement, ces récipients sont presque tous vides mais ces symboles ne semblent pas très rassurants.

Nous nous entendons bien. Nous avons désormais une certaine complicité et malgré le sérieux du repas, nous nous taquinons discrètement. Parfois, Jean fronce les sourcils. Cela ne va pas beaucoup plus loin. Il nous laisse à notre complicité.

Les adultes parlent très peu pendant ce dîner. La fatigue aura vite rattrapé toute la famille.

Et en moment, Jean, Maurice, Jean-Michel commencent très tôt le matin et travaillent très tard le soir. Ce midi, ils sont venus faire une pause pour se rafraîchir.

- François, tu veux venir avec nous aujourd'hui ? me demande Jean.

Je suis ravi car je pars avec eux dans les champs malgré le regard un peu triste de Catherine.

Je monte alors à bord de cette moissonneuse batteuse jaune. C'est une New Holland. À plus de 2 mètres, je découvre des champs de blés jaune doré à perdre de vue. Légèrement balloté par le vent, ces champs de blés dansent pour la dernière fois sur cette brise légère qui les caresse comme pour les rassurer. Cette danse est harmonieuse mais déjà, de notre machine, le moteur gronde, annonçant ainsi la révolution.

Un tracteur Massey Ferguson vert nous suit à la trace. Le blé est directement transféré de la moissonneuse à la remorque du tracteur. A la place des épis de blé, nous relâchons une botte de paille rectangulaire qui restera posée sur le sol quelques jours. Nous donnons ainsi une nouvelle vie à ces blés murs !

- Nous devons travailler vite car si nous avons un orage, la récolte sera foutue. Nous ne pourrons rien ramasser. Tu veux tenir le volant ? me dit Jean.

Je guide pour la première fois cette extraordinaire machine au travers du champ laissant derrière moi la marque de notre passage. Jean reste à mes côtés et surveille la manœuvre.

Nous effectuons d'inlassables allers et retours dans ce champ. La nuit tombe. Les projecteurs allumés, nous terminons le travail jusqu'à ce que tombe la dernière tête, le dernier épi.

Fatigué de ma journée, le visage recouvert de poussière, je rentre à la ferme. Le repas vite avalé et la douche terminée, je m'endors sans attendre la visite du marchand de sable.

- Réveille-toi, vite réveille-toi, me dit Catherine.

Il fait nuit. J'ai les paupières encore bien lourdes.

- Vite, vite dépêche-toi, un veau va bientôt naître ! insiste-t-elle.

Je rouspète :

- Je ne vais pas venir en pyjama quand même ?
- Mais si, mets tes bottes. On y va ! me répond-elle avec impatience.

Elle court déjà devant moi avec légèreté et détermination. Nous arrivons tout essoufflés dans l'étable. La vache est allongée, prête à délivrer un veau. Le vétérinaire est également là avec Jean et Maurice. Laurence est déjà là. Jean Michel nous regarde. Jean a l'air inquiet.

- Alors le Parisien, c'est pas comme ça que tu vas faire venir le veau avec ton pyjama d'Arlequin, me dit Jean-Michel pour me taquiner.

Je ne me vexe pas car ce ne sont que des mots pour rire et que je l'aime bien malgré ses mauvaises blagues.

Jean intervient.

- Au lieu de dire des âneries, tu ferais mieux de m'aider à préparer cette naissance !

Nous sommes inquiets, impatients et attentifs au premier changement. Je n'ai jamais vu une naissance. Je ne sais pas vraiment à quoi m'attendre. J'ai toutefois déjà regardé quelques reportages d'une naissance à la télé dans l'émission de François de la Grange « Les animaux du monde » avec sa ritournelle amusante de Toco le Toucan. Cela me donne une idée. Mais ici, je suis à 2 mètres, aux premières loges à assister au premier acte d'une naissance.

La tête apparaît soudainement. Déjà le reste du corps est expulsé pour la plus grande satisfaction de Jean et du vétérinaire.

J'ai le cœur tout retourné. Je ne m'attendais pas à ça. Je trouve ça dégoûtant tout ce liquide qui coule et ce veau tout sale. Catherine semble pour sa part très contente et m'interpelle alors :

- Tu as vu c'est super. Il est beau ce veau !

Afin de ne pas être trop ridicule j'acquiesce de la tête en silence, en ravalant ma salive. Quelques minutes plus tard, le veau est déjà debout, campé sur ses 4 pattes et cherche déjà à téter.

- Tu as vu, c'est un glouton ! dis-je à Catherine.

- Oui, un sacré glouton, acquiesce-t-elle.

- Bon, les enfants, il est peut-être temps de retourner se coucher non ? demande Jean.

Après plusieurs minutes de tractations menées par Catherine, nous obtenons gain de cause. Nous restons avec ce veau à le regarder vivre ces premières heures.

Les journées passèrent trop vite, beaucoup trop vite et la fin de mon séjour arrivait déjà. Je n'avais pas envie de préparer ma valise.

J'ai appris tellement de choses mais il me reste encore tellement de lieux, de sensations à vivre que je voudrais bien rester pour toujours et devenir fermier.

Bien sûr, des mauvaises farces de Jean-Michel m'ont permis de goûter au courant alternatif des clôtures en posant une herbe sur un fil ou par d'autres subterfuges, et de découvrir le côté urticant des orties. J'ai appris à recevoir avec plaisir des seaux d'eau froide sur la tête alors que je rêvassais, allongé dans un champ. J'ai parfois dû manger du blé cru à la demande de Catherine pour donner suite à un gage parce que je n'avais pas réussi à réaliser une épreuve. Je cherche encore à comprendre certaines règles de ces épreuves. J'ai dû déguster des aliments qui la faisaient rire après son insistance, « t'es pas cap ! » dont je ne connaîtrai sans doute jamais les noms. J'ai également roulé dans les herbes puis dans le foin pour rigoler, couru après les canards, les poules et parfois après les vaches. Il est arrivé que ce fut l'inverse mais cela nous faisait rigoler quand même.

Lors de mon séjour, j'ai aussi parcouru les environs avec un vieux vélo trouvé dans la grange. J'ai découvert cette si belle région où Maman venait plus jeune se promener. Je pouvais enfin comprendre les routes, les chemins dont elle parlait.

Le dernier jour arrive déjà. J'ai appris tellement de choses durant ce séjour que je me sens désormais chez moi.

- Alors, le petit paysan, tu pars bientôt pour la ville, me dit soudainement Jean-Michel avec un sourire de tristesse.

Gisèle, qui me sait passionné de timbres, m'offre une petite pochette avec quelques timbres. Je découvre parmi ceux-là, un timbre de St Malo d'un gris bleu. 20F barré puis revalorisé à 10F. En regardant attentivement, on aperçoit en arrière-plan les puissants remparts de la ville avec ses tourelles ainsi qu'un clocher au sein de la citadelle protégée. Au premier plan, sur la gauche, se trouve un très grand 3 mâts. On dirait une corvette. Je suppose que c'est « La Confiance » avec ses 24 canons.

Sur la gauche, l'extrémité d'un voilier. J'imagine qu'il s'agit du « Renard » le fameux voilier de Surcouf, ce serait normal d'avoir ces 2 bateaux à moins que ce ne soit la petite Hermine de Jacques Cartier. Gisèle me regarde un peu perdu dans mes pensées.

- L'année prochaine, si tu veux revenir, nous irons à St-Malo. Ce n'est pas très loin, mais il faut que l'on s'organise avec le bétail, me propose Gisèle.

- C'est vrai ? Ce serait vraiment super !

Maurice annonce qu'il doit aller couper un peu de foin juste à côté de la ferme. Il doit utiliser la grande faux car cette parcelle est en pente. Les outils mécaniques ne sont pas utilisables sur celle-ci. Je veux profiter du moindre instant alors je me propose de venir avec lui.

Il dépose ses outils sur le côté du pré puis commence doucement à couper les herbes hautes.

Je m'installe un peu plus loin, un brin d'herbe entre les dents. Je le regarde pratiquer ce mouvement si particulier avec cet outil. Le soleil décline, la chaleur devient plus douce et apaisante.

Maurice est seul au milieu du champ. Il coupe l'herbe sèche, lentement, régulièrement, en silence. Seul le bruit régulier de la longue lame affûtée coupant ces herbes perturbe ce silence.

Je m'allonge. Je regarde le ciel. Quelques nuages se poursuivent en vain.

J'accompagne du regard la course de ces nuages gris et orangés. J'observe ce vent qui les pousse vers l'ouest.

J'imagine ce zéphir dans des voiles, je les imagine se gonflant déjà. Je les entends claquer. Le bruit des marins se fait de plus en plus présent. Déjà, des cris résonnent sur ce voilier. Le bâtiment de la ferme du Gros Chêne s'est transformé en navire de combat.

Je m'imagine être un corsaire. Je pars à l'abordage de ces gros tonneaux remplis de trésors, d'épices en provenance des Indes après avoir transité par l'île Maurice, le Cap, l'équateur. Ils viennent de tomber dans notre embuscade. Mon capitaine est Surcouf, nous attaquons le « Kent » ! Je rêve !

Chapitre 14

1er septembre, c'est déjà dans la dernière période de l'été. Les touristes vont bientôt partir. Le commerce va fermer pour 8 jours.

- Nous partons demain matin à 7h30, annonce Papa.
- Nous allons où ? demande Maman.
- Je ne sais pas encore, nous allons passer Nantes. Nous déciderons en fonction.
- Tu n'as pas une idée ?
- Je pense que nous irons vers la Vendée. J'ai regardé plusieurs villes. Je pense que nous trouverons bien quelque chose. Il faut que nous arrivions vers 15h pour avoir un peu de temps pour chercher une location. Nous n'avons comme d'habitude aucune réservation alors il ne faudra pas traîner demain matin.

6h30, les parents sont réveillés depuis un bon moment. Les valises sont faites, le chien et le chat sont déjà en pension chez des voisins.

La cuisine sent le poulet. Maman a préparé le repas pour le pique-nique de ce midi. Je ne suis pas très bien réveillé. Roland a la tête posée sur la table à côté de son bol de chocolat au lait. Les tartines sont toujours indemnes.

Maryannick décide de s'occuper de nous faire avaler notre petit-déjeuner pour ne pas nous mettre en retard.

- La voiture est déjà chargée, nous partons dans une demi-heure. Il est déjà 7h15, annonce Papa.

La toilette sera brève mais efficace. La galerie sur notre R16 bleue est bien chargée.

- Tu as oublié la valise avec les draps. dit Maman.

- Zut, je dois recommencer.
- Et les boules de pétanque, réclame Patrice.
- Et mon bateau pneumatique, mon ballon, je peux les prendre ?
- Oui mais si je n'ai pas de place, il faudra quelqu'un sur la galerie, menace Papa.

Je prends mon ballon car je sais que nous trouverons une solution.

Les stores sont fermés. Nous fermons enfin le magasin. Sur la porte principale, Maman a écrit, « fermeture annuelle pour congés ». Le frigo est coupé mais les produits frais ont été distribués à nos voisins.

- Nous allons d'abord à St-Nazaire. Il y a un nouveau pont. Nous devrions avoir une route de bonne qualité après ce pont. As-tu trouvé la carte routière ? me demande Papa.

A l'avant, Roland est sur les genoux de Maman. Il dort déjà alors que nous n'avons pas démarré. Papa est au volant et s'assure après quelques mètres que l'ensemble des bagages soit bien en place.

Jean-Paul a une place à coté de René-Yves. Patrice est serré entre Maryannick et René-Yves. Je suis sur les genoux de Maryannick. Enfin, je suis assis comme je peux. Encore une fois, c'est une drôle d'expédition. Le poulet est dans la glacière qui se trouve entre les jambes de René-Yves. Jean-Paul a trouvé une position qui lui permet de lire.

Pour m'occuper, j'ai donc la responsabilité de lire la carte routière puis de vérifier notre trajet.

La voiture démarre enfin, il est 8h30. Nous prenons les premiers virages de la route vers Vannes.

- Quand est-ce que l'on arrive ? demande Roland.

- Bientôt, bientôt, répond Papa alors que nous n'avons fait que 20 kilomètres.

Après 2h00 de route, nous arrivons devant le pont de Saint-Nazaire. Une première pause est nécessaire. Nous en profitons pour regarder ce pont.

- C'est un pont à haubans, explique Jean-Paul.
- Il est grand et haut ce pont, dis-je alors.
- Oui. J'ai effectué quelques recherches dans le dictionnaire avant de partir. J'ai noté sur mon cahier de poche les informations. Il mesure 3 356 mètres long pour 68 mètres de haut.
- Tu aimes bien les ponts ?
- Tu sais, c'est un peu le métier que j'aimerais faire. Ce serait super de réaliser des projets autour des ponts, des routes, me répond-il.

Nous avalons quelques biscuits avant de repartir.

- Direction St-Gilles Croix de Vie. Nous arriverons en début d'après-midi, annonce Papa.

Nous passons devant St Michel-Chef-Chef que Maman nous fait remarquer car nous vendons et aimons manger des galettes St-Michel.

Les kilomètres défilent rapidement. Nous arrivons beaucoup plus tôt que prévu. Il est 13h00. Nous sommes déjà sur notre site de vacances. La voiture semble elle aussi contente d'être arrivée. Nous nous installons sur une plage de sable fin pour manger tout en restant à proximité de notre véhicule. Au menu, nous retrouvons nos habituels ingrédients des pique-niques. Des tomates, le poulet encore un peu tiède, des chips trop salés et quelques brugnons jaunes presque trop mûrs.

- Nous allons aller voir les agences. Vous, vous restez sur la plage mais pas de baignades pour l'instant. Il faut attendre 2 heures après un repas, nous rappelle Maman.

- Pas même les pieds ? demande Roland d'un air malicieux.

- Juste les pieds alors ! Et n'oubliez pas de mettre vos méduses en plastique, précise Maman.

Deux heures plus tard, les parents arrivent soulagés sur la plage.

- Mais qu'est-ce que vous faites dans l'eau ? demande Maman.

Nous sortons immédiatement en courant vers les parents.

- Ben, il faisait chaud. On s'est un peu arrosé en jouant et puis voilà, dis-je penaudement.

- Oui, et elle est drôlement bonne, ajoute Roland souriant d'un bonheur que l'on ne peut réprimer.

- Bon, nous avons trouvé une maison. En plus elle est juste à côté d'ici, annonce Papa pour détourner la conversation.

- Allez-vous rincer mes brigands, ajoute Maman, nullement surprise par la situation.

Après plusieurs allers-retours et malencontreuses roulades dans le sable qui nous obligent à de nouveaux rinçages, Roland disparaît dans sa serviette cabine pour se changer. Ce n'est pas sans chahut que nous poursuivons cette étape. Je ne peux m'empêcher de le bousculer. Enervé, il me menace de tous les mots et cela me fait encore plus rire. La tête désormais hors de sa serviette, il réclame l'intervention des parents. Il me fait rire car il ressemble à une méduse géante posée sur le sol qui gesticule comme si elle voulait rejoindre la mer. Après quelques soupirs d'exaspération de Maman, nous sommes enfin prêts. Nous pouvons quitter la plage pour rejoindre notre location. La maison est très grande. Elle possède un escalier qui mène à la porte principale. Nous prenons possession des murs pendant que Papa descend de la voiture les différents bagages. Il est satisfait de constater qu'il ne manque rien. La cuisine est plus grande que chez nous et nous avons presque tous une chambre.

Nous avons également un jardin avec la possibilité de manger dehors. Nous ne le faisons jamais. Ce sera super et en plus, un barbecue est à notre disposition.

L'inventaire de la vaisselle a été fait par l'agence. Nous sommes enfin arrivés. Nous sommes enfin en vacances tous ensemble.

Durant ce séjour, nous profitons pleinement de la maison ainsi que de la plage où nous pouvons aller à pied. Nous construisons de solides fortifications pour empêcher la mer de rejoindre le rivage. Malgré l'aide de nos aînés, nos constructions ne résisteront pas un instant aux assauts incessants des vagues. Notre bain du jour fait toujours l'objet d'une course pour savoir qui sera dans l'eau le premier. Le dernier à l'eau aura la joie de se faire mouiller par tous les autres. Sur cette plage si grande, nous sommes à l'aise pour jouer au football. Nous ne manquons pas non plus l'occasion de faire de belles parties de pétanques.

Nous profitons aussi de la marée basse pour ramasser des patelles qui accompagneront notre repas du soir. En rentrant de la plage, nous passons souvent dans la rue principale qui est animée. Parfois, nous arrivons à obtenir une bonne glace à l'eau qui nous permet de finir le trajet avec plus de plaisir.

Aujourd'hui, il ne fait pas très beau. Les plus grands iront avec Maman faire une marche et regarder les magasins. Avec Patrice et Roland, nous allons faire quelque chose que nous n'avons jamais fait.

Papa a repéré plusieurs étangs et cours d'eau calme dans la région. Il a décidé de nous amener à la pêche aux grenouilles.

Nous partons en voiture. Après quelques kilomètres, nous trouvons une région marécageuse où plusieurs cours d'eau sont accessibles pour la pêche. A peine avons-nous quitté la voiture que nous entendons les grenouilles vertes qui coassent. Elles sont nombreuses. Hormis le tapage des grenouilles, nous sommes tranquilles. Il faut beau mais pas trop chaud.

- Nous allons bien nous amuser, annonce mon père.

Je suis surpris car nous n'avons pas de canne à pêche.

- Comment allons-nous les attraper ? Nous n'avons pas de verre, pas de canne à pêche.

- J'ai apporté le nécessaire.

- Je n'ai rien vu dans le coffre à part ce panier à crevettes.

- C'est normal, j'ai tout ce qu'il faut dans ma poche. Mais prends déjà ce panier pour commencer.

- Dans ta poche ?

- Oui, regarde, du tissu rouge et une bobine de fil.

Ces grenouilles vertes aux pattes foncées nous narguent encore pour le moment. Je doute fortement que notre matériel les inquiète.

- Tiens regarde cette branche. Elle m'a l'air assez longue et droite pour faire une canne à pêche.

- Nous pouvons toujours essayer mais pour l'hameçon, nous faisons quoi ?

- Tu vas voir, ne t'impatiente pas François.

Il attache alors cette ficelle au bout de la canne et attache un petit morceau de tissu rouge à l'autre extrémité. Je suis de plus en plus sceptique.

De l'autre côté de la berge, j'observe ces grenouilles dont les joues gonflent puis se dégonflent à chaque coassement. J'ai l'impression que leurs joues vont exploser. Ça me fait rire. Je me rapproche pour mieux les regarder mais à peine ai-je fait un pas vers elles, qu'elles disparaissent sous l'eau d'un air narquois.

Papa nous demande de nous éloigner pour ne pas les effrayer. A l'aide de la canne, il agite ce petit morceau de tissu sur la surface de l'eau afin de faire croire aux grenouilles qu'il s'agit d'un insecte. Déjà, une première grenouille se rapproche. Elle saute sur cet appât fictif puis, à ma grande surprise, gobe ce tissu. Mon père tire alors d'un coup sec la grenouille hors de l'eau. Elle se décroche pour retomber sur la berge avant de ressauter à l'eau. Cette première tentative nous a tous surpris.

- La prochaine fois, il faudra l'attraper si elle se décroche, précise Papa.

Déjà une nouvelle prise. Cette fois-ci elle descendra directement dans le panier à crevettes. La première prise est faite, je suis très fier de mon père et de cette réussite.

Les tentatives suivantes sont plus ou moins heureuses. Nous rigolons à chaque fois qu'une grenouille se détache, nous plongeons sur cette pauvre bête pour l'attraper. Parfois nous avons de la chance et notre plaquage nous permet de la récupérer. La partie est équitable.

Nous essayons chacun à notre tour d'attirer puis de sortir une grenouille. C'est assez facile de les attirer, mais elles se décrochent souvent trop tôt et retombent à l'eau. Après plusieurs tentatives, j'arriverai enfin à en faire parvenir une sur la berge. Nous avons une dizaine de grenouilles. C'est une incroyable pêche et tellement amusante que nous ne nous sommes pas ennuyés une seule minute.

- Ça vous a plu ? demande Papa d'une mine ravie.
- C'était super cette partie de pêche !
- C'était super, enchérit Roland en sautant comme une grenouille.

Nous rigolons tous de cette pitrerie. Les grenouilles prisonnières sont bien silencieuses. Nous rentrons. Arrivé à la maison, Patrice se précipite avec le panier pour montrer notre réussite. Maman est affolée par ces grenouilles. Maryannick sort de la pièce en se précipitant. Roland est tout excité. Il lui raconte comment nous avons attrapé ces acrobates. L'une d'elles tente de s'échapper semant la panique dans la cuisine et provoquant les cris de Maman. Elle n'aura finalement pas réussi son évasion.

- C'était une super idée et une drôle de pêche.
- Mieux que la pêche à l'anguille ? me demande René-Yves.

Avant de partir en vacances, j'étais allé avec René-Yves dans le parc du château de Kéronic, le château de notre commune. Les propriétaires laissent les habitants de la commune venir dans le parc ainsi que dans les forêts pour pêcher, chercher des champignons, se promener ou rechercher les traces du Bombardier Américain B17. Cet avion s'était écrasé sur une colline à proximité du château lors de la $2^{\text{ème}}$ guerre mondiale. L'accès principal du château est bordé d'une allée de majestueux, d'imposants rhododendrons roses et violets. L'étang se trouve de l'autre côté du château mais même si les propriétaires acceptent les visiteurs, nous devons être discrets pour ne pas les déranger.

L'étang est traversé par un cours d'eau dont le niveau ne dépasse pas 10 centimètres.

René-Yves connaît les moindres pierres de ce ruisseau. Il connaît les cachettes possibles pour ces anguilles.

- C'était super aussi la pêche aux anguilles. Tu sais bien les attraper.

- Oui, mais il faut quand même bien connaître les coins et avoir une bonne vieille chaussette pour éviter qu'elles glissent lorsque tu l'attrapes sous le rocher.

- Tu avais aussi une fourchette avec 2 dents. Je m'en souviens bien.

- Oui pour les coincer c'est plus facile.

- La dernière que tu avais attrapée faisait bien 40 à 50 centimètres.

- 52, elle faisait 52 centimètres, une belle pièce !

Je n'ai pas envie de regarder la préparation de ces pauvres petites grenouilles. Malgré tout, je ne résisterai pas à l'envie de manger ces quelques cuisses que mon père a préparées dans une poêle avec entre autres, de l'ail, du beurre et du persil.

- C'est très tendre ces cuisses et beaucoup moins coriaces que les anguilles !

La journée touchait à sa fin.

- Il commence à faire frais, vous devriez aller mettre vos sous-pulls, nous conseille Maman.

Nous enfilons alors nos sous-pulls bleus en acrylique achetés à l'automne précédent.

Je lui réponds

- Ça gratte quand même un peu ce pull !

- Demain, c'est notre dernier jour. Nous devons commencer à préparer les valises. Nous mangerons des sandwichs sur le chemin du retour.

Il commence à pleuvoir. Nous rentrons les affaires éparpillées dans le jardin.

- Enfin de la pluie, après toute cette période de sécheresse et tous ces incendies ! dit Papa d'un air soulagé.

Comme tous les soirs après le dîner, une partie de cartes déchaîne les passions. Ce soir, c'est une partie de belote car Jean-Paul doit déjà faire quelques révisions, les cartes de tarot sont déjà rangées.

Nous sommes autour de la table à les regarder jouer et essayer de comprendre les règles.

Les parents rigolent de leur chance. Ils posent sur la table des 50 ou 100 puis annoncent des belotes qui ne laissent aucune chance à René-Yves et Maryannick lors de la première manche. Le score est sans appel.

La manche suivante ne sera pas à leur avantage. René-Yves et Maryannick réussiront à les mettre « Capot ». Du premier tour au dernier, ils rigolent de leur exploit contesté par les parents. Papa est dépité par ce retournement de situation. Il invoque les esprits pour avoir plus de jeu. Maman espère que la chance va tourner à nouveau. La situation ne s'améliore pas sur les autres tours. Lors du comptage des points, Maman recompte plusieurs fois ses plis afin de trouver des points qu'elle aurait oubliés de compter. Comme tous les joueurs, elle n'a pas envie de perdre mais rigole en comptant.

Après 7 tours, le retournement de situation n'aura pas eu lieu. René-Yves et Maryannick sont déjà à la barre des 1000 points. La partie est terminée, la dernière soirée des vacances en famille se termine déjà. Maryannick avait discrètement enclenché son magnétophone pour enregistrer la partie. Elle se fera un malin plaisir de repasser cette bande sonore lors d'une prochaine soirée.

*

C'est déjà le matin, les affaires sont prêtes et le chargement est en cours. Nous attendons la responsable de l'agence de location pour faire la vérification de la maison afin de pouvoir récupérer la caution.

- François, amène Roland avec toi pour acheter du pain pour ce midi. Ça va encore prendre du temps pour faire ce contrôle, dit Papa en me donnant 5 francs.

- Pourquoi ce sera long ? demande Roland.

- Tout doit être recompté, les fourchettes, les verres, les assiettes et ça ne sert à rien de traîner dans nos pattes pendant ce temps-là.

Papa est impatient de partir. Il est un peu énervé d'attendre la personne de l'agence qui est déjà en retard.

- La boulangerie n'est pas loin, vous serez vite de retour. Achetez 3 baguettes et un tourteau. Vous savez le gâteau brûlé au-dessus et moelleux à l'intérieur, précise Maman.

En chemin, nous retrouvons un manège que nous avions aperçu les jours précédents. Ce manège est étrange car ce n'est pas un manège de forain, ce n'est pas non plus un manège municipal. Cela ressemble à un manège fabriqué pour faire plaisir aux enfants de la rue pour la durée des vacances.

Les véhicules du manège sont directement posés sur le sol.

Une petite avec ses cheveux légèrement roux et ondulés est bien installée sur celui-ci. Elle enchaîne les tours sans se lasser. Elle doit avoir entre 6 et 7 ans. Elle paraît bien seule à tourner ainsi mais semble heureuse comme ça.

Elle nous regarde avec malice. Ses yeux papillonnent et nous comprenons qu'elle nous invite à venir la rejoindre. Il me reste quelques pièces après l'achat du pain. Je sais que j'aurai à me justifier. Roland a trop envie d'y aller.

- On y va ? me demande Roland.
- Nous n'avons pas le temps, et puis, je n'ai que la monnaie du pain.
- Allez, juste un tour alors, insiste Roland.
- Juste un tour alors !
- Tu viens avec moi, hein ?

Je ne résiste pas vraiment à sa demande. J'interroge la personne qui semble être le responsable.

- Combien ça coûte pour faire un tour ?
- Nous allons bientôt fermer le manège car les vacances sont terminées bon mais, allez-y ! Ce sera gratuit pour aujourd'hui. Ma petite sardine, tu vas avoir de la compagnie ! répond-il.

Je sais que ce n'est plus de mon âge mais je ne résiste pas à cette invitation au voyage à ce prix. Ce moment ne durera pas mais je souhaite en profiter une dernière fois.

Le manège s'élance accompagné par une chanson que je connais bien. Alain Souchon chante « J'ai 10 ans ». Je souris à ce clin d'œil du destin. Nous entrons dans la ronde. C'est juste une dernière ronde, un dernier tour de manège dans mon enfance. Un moment furtif mais un vrai moment de bonheur que j'ai l'impression d'avoir volé au temps de l'enfance.

Nous repartons. La petite nous regarde avec un large sourire, ravie d'avoir eu un peu de compagnie puis repart pour un tour. Je sais alors que je quitte définitivement cette enfance pour entrer véritablement dans une nouvelle phase de vie.

L'été se termine, bientôt je découvrirai une nouvelle école, l'automne apportera ses couleurs chatoyantes, ses odeurs et ses délices. Nous attendrons avec impatience les grandes marées d'équinoxe. Papa commencera par ramasser 100 bigorneaux en attendant que la marée soit assez basse pour atteindre notre site de pêche du jour.

Nous ramasserons alors des moules, des berniques qui lutteront pour ne pas rejoindre nos paniers. Elles accompagneront les praires et les palourdes que nous trouverons au marquage. Certaines seront farcies selon la recette de Papa. Elles seront dégustées un peu plus tard. J'attraperai aussi quelques belles étrilles en soulevant les rochers pas trop lourds. Dans les anfractuosités, avec mon crochet, j'essayerai de déloger quelques dormeurs.

Puis, très rapidement, les forêts changeront de couleurs pour porter le costume automnal aux nuances orangées. Le vent poussera les lourds nuages sombres. J'attendrai avec impatience les premiers orages. Je profiterai encore des reflets des flaques d'eau. Je laisserai mon esprit s'échapper en regardant les caniveaux remplis qui ressembleront à des rivières tumultueuses. Avec un peu de chance, nous pourrons profiter des tempêtes, des énormes vagues sur la côte sauvage de Quiberon. Nous guetterons avec impatience et gourmandise l'apparition des premiers cèpes puis des premières girolles. Dès les premières pluies, nous irons avec amusement ramasser les escargots. Nous les ferons jeûner avant de les accompagner par la préparation inégalable au beurre persillé de Papa. Nous préparerons quelques châtaignes dans la cour, sur un feu de bois.

Novembre arrivera bien vite avec ses couleurs si douces. Le ciel se chargera doucement de nuages qui seront de plus en plus lourds. Nous donnerons alors de belles parures à notre cimetière avec nos chrysanthèmes de toutes les couleurs. Puis, arrivera enfin mon anniversaire. Il faudra attendre, encore un peu mais je sais déjà que nous aurons de beaux moments, que ce soit dans les bois, à la mer ou à la maison.

Il me reste toutefois encore une chose que je dois absolument faire à la maison avant la rentrée scolaire. Je sais que je ne dois pas tarder pour réaliser ma dernière action de l'été.

Il est déjà 19h, je me précipite avec Patrice et Roland sur la place du Marah Seu. Youki profite de ce moment pour s'éclipser avec nous. Une cinquantaine d'hirondelles tourne en boucle sur cette place. Elles sont ensemble comme un essaim à crier, à voler, après je ne sais quoi. Elles poussent des cris stridents et passent de plus en plus près de nous.

Dans mes poches, j'ai des feuilles de tabac à rouler. Je dois faire comme me l'a expliqué plusieurs fois René-Yves. Je le montre à mon tour à Roland.

- Tu vois, tu prends une feuille de papier tabac. Au milieu et à l'intérieur, tu places un petit caillou.

- Comme ça ?

- Oui, c'est parfait et toi Patrice, c'est bon ?

- Oui, parfait ! me dit-il sans hésiter.

Je le regarde avec étonnement et plaisir.

- Alors, attention à trois. Un, deux, trois, lancez !

Nos boules de papiers sont lancées vers le ciel. Le caillou se sépare du papier pour retomber rapidement au sol. Les hirondelles reviennent.

Le papier vole au milieu des hirondelles qui arrivent à toute vitesse à quelques mètres au-dessus de nos têtes.

Elles attrapent alors nos papiers qu'elles prennent pour des papillons puis tournent encore de plus belle. Le bruit du vol, les cris des hirondelles ne laissent pas de place à nos cris de satisfaction et d'excitation. Roland ouvre ses bras comme s'il voulait voler. Youki saute d'excitation entre nous. Il veut également participer à cette fête. J'ouvre les bras. J'ouvre grand les yeux. Je regarde le ciel.

Je fais partie de cette frénétique et bruyante ronde. Je les accompagne. Je vole comme une hirondelle. Je suis libre.

FIN

Epilogue

Nous sommes le 19 juin, je viens d'écrire le mot « Fin ».

Voilà l'histoire de mes 10 ans. Lorsque j'ai posé les premières lignes, je ne savais pas que tant de choses étaient encore en moi. Je ne savais pas non plus si j'allais écrire une page, 15 pages ou mener ce projet à terme. Dimanche, ce sera la fête des pères. Je profiterai de ce moment pour offrir ce récit à mes parents.

Les années ont passé. Mon enfance, mes plus beaux souvenirs, mes émotions, j'ai essayé de les restituer dans ce livre. Nous avons, mes frères, ma sœur et moi, suivi des parcours bien différents mais gardé nos relations vivantes. Les fêtes de familles sont toujours là, moins fréquentes mais joyeusement partagées avec nos enfants respectifs et petits-enfants. Maman et Papa sont devenus arrière-grands-parents. Ils sont très fiers. Jean-Paul a poursuivi ses études pour devenir sous-préfet puis directeur de cabinet dans plusieurs gouvernements. Maryannick a donné la priorité à ses enfants après plusieurs années d'activité professionnelle. René-Yves aura travaillé très dur toute sa vie pour enfin profiter de sa retraite et s'adonner aux plaisirs de la pêche à pied. Patrice est devenu le sourire le plus connu de Pluvigner en tant qu'agent municipal. Roland est menuisier au conseil départemental du Morbihan. A force de bricoler les choses, il a participé au concours Lépine.

J'ai quitté ma région depuis bien longtemps et je travaille dans une très grosse société d'assurances en tant que responsable informatique. Je me suis installé au

Mesnil-Saint-Denis, dans une petite commune de 6 000 habitants de la vallée de Chevreuse avec sa très grande et splendide forêt de Rambouillet. Cette ville a la même taille que Pluvigner avec également une belle église en pierre du pays en son centre. La région des Yvelines est une région magnifique et également chargée d'histoire. J'ai découvert qu'Anne de Bretagne était comtesse de Montfort l'Amaury et d'Etampes, deux villes qui sont à proximité de ma commune. Je garde donc un pied dans mes racines.

Dans ma commune, au lieudit « Le Mousseau », il y a un monastère. Durant la première guerre mondiale, il abritait les blessés. Mon grand-père avait été soigné dans ce lieu. C'était une drôle de coïncidence que j'ai découverte après plusieurs années. J'avais quelque part une histoire de ma famille dans cette commune. Par ailleurs, notre commune est jumelée avec une petite ville allemande, Hankensbüttel. Nous avons eu le plaisir et la chance de recevoir plusieurs jeunes Allemands. La correspondante de Solenn, Ines, viendra plusieurs fois nous voir et nous apporter sa joie de vivre. Le monde a changé mais je suis certain que mon grand-père serait fier et heureux de voir ces relations amicales avec nos correspondants Allemands.

Les lectures de mon enfance m'auront poussé à découvrir le monde sans crainte. J'ai essayé de réaliser mes rêves et de ne pas avoir peur de la vie. J'ai donc gravi le Mont-Blanc en 1994 pour ressentir un peu les émotions de Frison-Roche. Le capitaine Némo m'accompagnera également lors d'une plongée dans les fonds merveilleux de la Thaïlande avant de découvrir la grande barrière de corail en Australie. J'ai voyagé en Russie, en Chine, aux Etats-Unis, un peu partout dans le monde à suivre les traces de Phileas Fogg et de Michel Strogoff. Comme beaucoup de personnes de ma génération, j'ai eu cette chance de vivre ces voyages, les yeux pétillants de mes rêves d'enfant. Tous ces voyages m'ont également permis de me rendre compte que j'appartiens à une histoire locale que je le veuille ou non. Cette histoire, c'est celle de ma famille dans cette ville, celle de mes genoux écorchés sur ces routes asphaltées, de ma liberté sur mon vélo, de l'insouciance de l'enfance, de mes copains que j'ai perdus de vue depuis trop d'années.

Je suis repassé voir mon si beau galion à Plouharnel et comme je m'en doutais, les forts vents de la région lui ont permis de prendre le large pour toujours. En revanche, mon ancienne école a gardé en pension notre vieux frêne dans le silence d'une cour de récréation désormais trop vide. La plupart de mes copains d'enfance sont restés dans la commune. Bernard est devenu forgeron. Denis travaille dans la commune. Yves et Michel ont repris les affaires familiales. J'ai également croisé Christine qui courrait encore et toujours mais je n'ai pas réussi à la rattraper.

Un horrible fait divers aura également terni la vie de notre si grand maire. Guigner lui succédera. Notre Breton le plus convaincu de la commune portera haut et fort la culture bretonne avant de laisser sa place à la nouvelle génération. Ma cousine Catherine deviendra maire de Betton. Chacun a trouvé sa place.

J'ai vécu une enfance ordinaire dans une époque extraordinaire.

A cette époque, la grande distribution n'avait pas encore colonisé la vie des petites villes, et le remembrement modifié la beauté des campagnes. La maison du docteur et le superbe jardin disparaîtront pour laisser place à un supermarché et le cœur de la commune semble battre beaucoup plus lentement. Le petit Pierre avec ces taches de rousseur est devenu un très grand virologue et parle à la télévision de la Covid. Malgré les années, je le reconnais facilement, c'est étrange. Je souris de le voir ainsi.

La télévision, les réseaux sociaux n'avaient pas encore réduit les relations de proximité et la vie des quartiers.

Les jeux vidéo de guerre n'avaient pas encore remplacé les lance-pierres, les batailles de pommes ni la complicité des enfants aux genoux écorchés.

L'information continue, anxiogène, n'avait pas encore provoqué la crainte permanente des parents vis-à-vis des enfants en restreignant leur insouciance et leur liberté. La liberté, c'est un risque qui vaut la peine d'être pris.

En retournant sur les traces de mon enfance, j'ai retrouvé quelques sourires, quelques visages un peu vieillis par le temps mais derrière ces rides, je vois que ces regards ne sont pas si différents.

Il m'aura également permis d'écrire ces souvenirs et de retrouver ces moments de bonheur oubliés. J'ai eu la chance d'avoir 10 ans pour la 2ème fois. Les souvenirs heureux restent à jamais gravés et cachés dans nos cœurs. Il suffit de les rechercher, d'y prêter attention pour les faire revivre.

Le confinement n'aura pas eu que des côtés négatifs. Il m'aura permis de nouer de nouvelles relations avec les voisins du quartier, de prendre le temps de regarder la végétation, de faire un potager et d'écrire une partie de mon histoire.

Le monde a beaucoup changé mais est-ce vraiment important ?

Il est toujours possible de se poser des questions sur le nom de sa rue, sur l'histoire de sa commune mais également sur l'histoire de sa famille, sur son origine ou sur la vie de ses voisins. D'avoir de l'empathie pour la vieille dame du bout de la rue qui n'est certainement pas une sorcière. Il reste tellement de sentiers à découvrir, de fleurs, de papillons et d'étoiles à observer.

Je regarde les rues de la commune. Je vois les noms suivants, la rue des Jansénistes, l'avenue Habert de Montmort, l'avenue des Carrières, la rue Madame de Sévigné et le site du Skit du Saint-Esprit. Je me demande pourquoi ces noms. Il me reste tant de choses à découvrir.

Il suffit peut-être de prendre le temps. Il n'est pas nécessaire d'avoir 10 ans pour s'émerveiller chaque jour.

Photo personnelle de couverture prise en juin 2020 à Saint-Cado.